智 · 慧 · 爱
Sapientiae et Cordi

了 解 和 爱 ， 终 将 成 就 一 切 ！

沉默的洁蒂
Ghost Girl

［美］桃莉·海顿（Torey Hayden）著

陈咨羽 译

图书在版编目（CIP）数据

沉默的洁蒂 /（美）海顿著；陈咨羽译. —北京：华夏出版社，2016.1
（桃莉老师疗愈成长之旅）
书名原文：Ghost Girl
ISBN 978-7-5080-8717-7

Ⅰ. ①沉… Ⅱ. ①海… ②陈… Ⅲ. ①问题儿童－儿童教育 Ⅳ. ①G765

中国版本图书馆 CIP 数据核字（2016）第 005289 号

GHOST GIRL
by Torey L. Hayden
Copyright © 1991 by Torey L. Hayden
Simplified Chinese translation copyright © 2016
by Huaxia Publishing House
Published by arrangement with Curtis Brown Ltd.
through Bardon-Chinese Media Agency
ALL RIGHTS RESERVED

版权所有，翻印必究
北京市版权局著作权合同登记号：图字 01-2015-4779 号

沉默的洁蒂

著　　者	[美] 桃莉·海顿	
译　　者	陈咨羽	
责任编辑	朱　悦　陈志姣	
特约编辑	杨　越	
责任印制	刘　洋	
出版发行	华夏出版社	
经　　销	新华书店	
印　　刷	三河市少明印务有限公司	
装　　订	三河市少明印务有限公司	
版　　次	2016 年 1 月北京第 1 版	2016 年 2 月北京第 1 次印刷
开　　本	880×1230　1/32	
印　　张	7.375	
字　　数	139 千字	
定　　价	35.00 元	

华夏出版社　　地址：北京市东直门外香河园北里 4 号　　邮编：100028
　　　　　　　网址：http://www.hxph.com.cn　　　　电话：(010)64677853
若发现本版图书有印装质量问题，请与我社营销中心联系调换。

推荐序

学习倾听孩子的声音

21世纪，随着互联网的飞速发展，世界愈加扁平，各种资讯以及教育理念以前所未有的强度冲击着我们。育儿的话题在当今的中国变得越来越引人关注，也越来越重要。第一代的独生子女如今已经为人父母。在仍然以传授知识、考试测评为教育主线的中国，孩子的压力越来越大，反抗也越来越大。家长们一方面渴望孩子快乐成长，另一方面又难以抗拒整个社会的潮流，站在孩子的身后，举着考试的大旗打压着孩子们。

前日参加一个活动，有一个讨论是关于"如何做高效能父母"的话题。家长们七嘴八舌，提出了一大堆的建议。我却在想，也许，我们都需要安静下来，学习倾听孩子的声音。

桃莉·海顿，被美国教育界盛誉为"爱的奇迹天使"，她的这套"桃莉老师疗愈成长之旅"都是从孩子的角度展开的，让我们这些糊涂的自以为是的大人有机会听到孩子们的声音，帮助我们贴近孩子那颗敏感的心，了解他们的需要和被爱的方式。

我非常感谢自己在芬兰的育儿经历，因为是个"外来母亲"，什么都不懂，所以必须倾听（即使如此，也常常做不到很好的倾听）。

在某种程度上，女儿教会了我很多。记得女儿12岁左右的时候，喜欢上了一个西方的摇滚歌星。这个歌星的所有造型，都让我有一种心惊肉跳的感觉。我非常担心女儿的"喜欢"，试图了解她为什么会以这样一个"不正派"的歌星为偶像。女儿却说，他在台上的打扮和表演只是一种渲泄，是他情绪或生命中的一个部分。她还批评我（和很多中国家长）以貌取人。可是，我依然不明白，这个摇滚歌星渲泄的哪一部分引起了一个12岁孩子的共鸣，当时非常担心（现在我越来越理解一个孩子成长过程中的困扰）。此后，我们也偶尔会为这件事展开讨论，直到她15岁的某一天，我们又谈起这个歌星，她跟我说了不久前发生的一件事：有一个青少年持枪伤人，而他恰是这个歌星的粉丝。这件事引起各方媒体的关注，甚至有一种声音质疑歌星的音乐对青少年的负面引导。有人采访这个歌星，问："如果你有机会对这个孩子说几句话，你会说什么？"他静默片刻，回答道："我什么也不会说，我会倾听。"女儿说："妈妈，你不觉得他是一个很有智慧的人吗？"

是的，倾听的力量超出你的想象！在这个充斥着各种声音和各种理念的嘈杂世界里，"倾听"也许是我们需要学习的一个重要技能。

无论你是家长还是老师，如果你心里有爱，并愿意用对的方式支持到你所爱的孩子，不妨打开这套书，在桃莉·海顿的帮助下，走进孩子的内心世界，开始学会倾听。看看你是否能够听到他渴望长大的声音，听到他内心的无助和他的需求，他的自豪和喜悦，体会到他在生命初期学习生存技能的那份努力和不易。

如果我们能够带着深深的爱，细心地倾听，全然地信任，耐心地陪伴，也许，生命就会展现给你一个奇迹！

芬兰富尔曼儿童技能教养法中国推广第一人：李红燕

目 录

第 1 章　拒语症女孩 _ 001

第 2 章　诡异的影像 _ 014

第 3 章　我们的秘密 _ 022

第 4 章　走火入魔 _ 036

第 5 章　"变态"行为 _ 052

第 6 章　符号和蜘蛛 _ 067

第 7 章　疑似性虐待 _ 082

第 8 章　金发娃娃 _ 100

第 9 章　惊人的秘密 _ 124

第 10 章　刀疤 _ 139

第 11 章　车轮下的娃娃 _ 160

第 12 章　警方介入 _ 181

第 13 章　拒绝回家 _ 198

第 14 章　突如其来的告别 _ 216

结　　语　劫后新生 _ 224

第1章

拒语症女孩

> 8岁的洁蒂不说话、不笑、不哭、不咳嗽、不打嗝,甚至也不打喷嚏。她还有严重的驼背,走路时双手老是交叉在胸前,好像抱着一堆书。

顶着一月凛冽刺骨的寒风,我在曙光初露之际驾车出发。一路上人烟稀少,只见各类野生动物在一片广袤的草原上自由自在地活动、奔跑。

经过两个半小时的车程,我终于到达了这个偏僻的小城市——贝京市。

"早安!"愉快的声音从校门口传过来。站在门口的正是这所学校的校长葛伦·蒂伯金先生。"一切都安顿好了吗?"他问。

"差不多了,"我一面回答他一面跨上门口的台阶,"可是我要到星期五才能拿到我公寓的钥匙,所以今天早上是从家里直接过来的。"

"我的天,你太厉害了。你从那个大城市开一个早上的车过来的?"他露出惊讶的表情。蒂伯金先生身材高瘦,穿着灰西装,40岁出头,不过长着一张娃娃脸,不易让人猜出他的实际年龄,他的微笑给人一种亲切感。"总之,我希望你尽快安顿好,也希望你会喜欢这个小城。我们很高兴你加入我们的行列。"他转身走向学校大厅,"我会利用午餐时间介绍同事给你认识。不过,我猜此刻你最想做的事情可能是去看你的教室,它正等着你的光临。"

我的教室位于二楼最左侧,有一扇很大的窗户,视野非常棒。里面设备齐全,设计也很人性化,不但有小型的图书阅览角,还有一间不算小的衣帽间。衣帽间的前后各有一道门,前门打开,手一伸就可以把教师的桌子拉进来。这张桌子平常派不上用场的时候,可以推到衣帽间里。我不禁越看越喜欢。

"当然,你可以依照自己的喜好布置这间教室,"蒂伯金先生说,"为了孩子们,前一任老师离开后,我们没再动过这间教室。几个星期以来,代课老师换了一个又一个,也真够那几个孩子受的了。如今,这间教室是你的了,你就放手去做吧。"蒂伯金先生说完又走回教室,"你要我留下来吗?稍后我可以为你介绍班上的小朋友们。"

老实说,我真的不希望他留下来,不过初次见面就拒绝对方未免有些不近人情。于是我微笑着点了点头:"那再好不过了。"

这个班总共只有四个学生，是我教书多年来带过的最小的班级。另外，这间教室的位置适中，校长也大力支持，同时又可以远离喧嚣的大城市。我很高兴自己做了一个明智的选择，却万万没有想到后来的道路竟是那么的坎坷。

九点十五分，第一个孩子出现了，他是被他的母亲强拉进来的。9岁的鲁宾是个英俊的小男孩，他身材修长，体形发育得相当匀称，黑亮的头发剪得十分整齐，像个玩具娃娃似的。他那双又黑又大的眼睛在教室中四处张望，就是不愿看我。

资料显示，他有自闭倾向。和他相处了几分钟后，我已经知道资料上的记录准确无误。不过，只要在他的能力范围内，他的行为表现很稳定。他会说话，也会顺利地使用厕所，而且在某些功课上也很出色。

安排好鲁宾，我转身发现窗户外有一个小小的脸庞，不停地朝着教室里面张望着。"你好，"我说，"这是你的教室吗？"

门被轻轻地推开，一个瘦小的女孩走了进来。她的双腿有如玉米杆般纤细，一头及腰的黑发曲曲卷卷地垂在背后，还有那一脸的苍白更叫人印象深刻。我立刻认出她就是洁蒂·埃科德，这个班上唯一的女孩。在她的档案中最引起我注意的是关于她拒语症的记录，因为我在这方面做过多年的研究。档案显示，她在家时会讲话，但是在学校却从来没有开口跟任何人讲过话，不笑、不哭、不咳嗽、不打嗝，甚至也不打喷嚏。更有传言说，当鼻涕流出来的时候,她不但不会擦掉,还会让它滴到衣服上。虽然校方当初决定让她在幼儿园多待一年,却仍然无法解决她拒绝说话的问题。上了一年级后,她的学习成绩还不错,但就是没有开口说过话,因而遭到其他小朋友的孤立,最后校方才把她转到这个班级来。她现在8岁。

"早安,洁蒂。"蒂伯金先生微笑着对她说,"进来啊,这位是你们的新老师。她是你们真正的老师哦,可不是另一个代课老师。"

洁蒂瞟了我一眼后便蹒跚地走进衣帽间挂她的外套。我注意到她的走路姿势很奇特。她有严重的驼背,而且走路时双手老是交叉在胸前,好像抱着一堆书。

接着进来了两位小朋友。

6岁的菲利浦是身材瘦小的黑人小孩,头发剪得非常短,还有两颗大龅牙。他出生于芝加哥,母亲有严重毒瘾。由于她无力改善自身的状况,最后政府取消了她对菲利浦的监护权,从此菲利浦便在一个又一个的寄养家庭中长大。在班上,菲利浦是一个不怎么受欢迎的人。他知道怎么使用马桶,但却总是把裤子尿湿。上了两年的学了,他对功课依旧一窍不通,弱智的班级也许比较适合他。另外,菲利浦个性十分胆小怯懦,一遇到新环境,他便会因为害怕而无法适应;当他遇到挫折时,又会惊慌失措,最后总是以暴力行为收场。

8岁的杰罗米,家里有四个弟妹,经济情况十分拮据。他生性好勇斗狠,行为很极端,满口脏话。之前那所学校的家长们不能容忍他的种种不良行为,纷纷逼校方开除他。于是最后,杰罗米来到了这个四人小班级。他的发型很特别,好像公鸡鸡冠一样竖立着,这倒也颇符合他的个性。

"好了,孩子们,"看到人员都到齐后,蒂伯金先生愉快地说,"这位就是你们的新任老师。她是你们正式的老师,不再只是一位代课老师,她是桃莉·海顿小姐。她说你们可以叫她桃莉,我们现在一起向桃莉说'你好'。"

四个孩子直愣愣地盯着我,没有人开口说话。

"快点呀,我们一起来欢迎桃莉。鲁宾,你可以向老师说'早安'吗?"

"早安。"他跟着蒂伯金先生鹦鹉学舌般的说。

"菲利浦呢?"

菲利浦咕哝了一声后便把头埋在他的手臂下。

"杰罗米呢?"

杰罗米和菲利浦一样也轻轻咕哝了一声。

"洁蒂?你也问一声好,好不好?"然后蒂伯金先生转过身来说,"欢迎加入我们的行列。"

我微微一笑。

"好了,现在我把这个班级交给你了,你一定等不及想要开始你的计划了。"说完后,蒂伯金先生走出了教室。

轻轻关上门,我回到教室中央。"早安,各位同学。"我说,"早安,菲利浦;早安,鲁宾;早安,杰罗米;还有你洁蒂,早安,洁蒂。"

"她根本就不会讲话,你不要白费力气了。"杰罗米说。

"我还是可以跟她讲话啊。"我答道。

"哦,天哪,"杰罗米翻翻白眼,"你跟他们一样,就是不肯放过她,对不对?"

"你很担心这个问题吗?"我问他。

"你很担心这个问题吗?"他模仿着我的语气,"哦,老天,各位,你们听听她说的,真让人受不了。"

我冲他笑了笑,又回到教室的中间。

我无法形容那个早上的感受,那种感觉有如活在炼狱。杰罗米简直就是一场噩梦,只要我一转身,他便夺门而逃,和我玩起捉迷藏的游戏。若是我不去追他,他就跑到教室门口晃来晃去想引起我的注意;若我还是不理睬,他就会跑到厕所把卫生纸全都拉出来塞到马桶里面,让大家没有办法上厕所。有一次我决定把他追回来,一看到我走出教室,他便冲进教室把我反锁在外面。这样的游戏他可以玩一个早上。

菲利浦显然和杰罗米背道而驰。他十分畏缩,只要看到我靠近,他就会缩在椅子上。我积极鼓励他加入我们一起唱歌讲故事,他却捂住耳朵不愿听我说话,并且前前后后使劲摆弄着椅子。

鲁宾的情绪则是一直处于紊乱状态。他会旁若无人地突然从座位上站起来,然后在教室里绕圈子,绕了一圈又一圈,同时用手指摸着墙壁，口中念念有词。要是我把他抓回座位，过不了几分钟，他又会突然站起来。此外，虽然他长期以来接受过使用厕所的训练，但还是会经常尿湿裤子。有一次他把书架旁的垃圾筒当成马桶撒起尿来。

这些孩子中表现最正常的就属洁蒂了。她完全像一个正常班的孩子，主动做功课，练习写字，做完后主动把作业交给老师，然后乖乖戴上耳机练习听力。除了偶尔抬起头来看着六神无主的我和另外几个孩子搏斗外，她安静得简直就像个隐形人似的。

午休的钟声响了，我这辈子大概没听过那么好听的钟声，顿时感觉如释重负。一不留神，才被我抓在手上的杰罗米又溜之大吉了，这时隔壁班的老师正好带班上的小朋友走出来，见到这种状况，她笑着对我说："待会儿下去的时候我会顺道拦住他的。"

"谢谢。"我感激地说道。

我想当时的我一定很狼狈，因为听到我的道谢后，她又笑了起来，眼中有些许的同情："要我顺便把小朋友们带下去吗？反正我要带我的小朋友们到楼下的餐厅。"

"那真是太好了！"

回到教室后我发现洁蒂不见了，于是我便把鲁宾和菲利浦带了出去。

"哦，她回家吃午饭了，她家就在学校对面。"听到我说我班上一个学生不见了，隔壁班的老师解释说："哦，对了，我是露西·麦卡伦,欢迎加入我们的行列。"

我疲惫地说:"这种情况通常不会发生在我身上的,就算是第一天也不会。不过现在形势对他们比较有利,他们比我清楚这个地方。"

"别担心,你做得很好。那些代课老师都熬不过一个上午就放弃了,还有一个只来了半小时就走了。"她笑着说。

回到空荡荡的教室,我疲倦地坐在一张小椅子上想放松一下自己。大约5分钟后,我拿出午餐准备去楼下的教师休息室,突然听到衣帽间传来悉悉窣窣的声音,这个声音使我刚放松下来的情绪再度绷紧。我缓缓从椅子上站了起来,感觉心脏好像要从喉咙里面跳出来。

突然,洁蒂出现在衣帽间的门口。

"你怎么还在这里呢?我以为你已经回家吃午饭了呢。"

她一动也不动地注视着我。

我研究着她的表情。老实说,洁蒂真的是一个长得很标致的女孩。

"你想不想知道一些事情呢?"我问。

她还是一动也不动,眼睛都没眨一下,甚至连呼吸的声音都听不到。

"过来这边,"我拉开身边的一张椅子示意她坐下来。

她蹒跚地走过来,一边走眼睛一边盯着我看。她并没有坐下来。

"你知道我来这个学校之前是做什么的吗?"

没有回应。

"我在一个大城市的一家非常特别的诊所做事,我的工作就是教导一些像你这样的男孩和女孩——那些说话有困难的孩子。"

洁蒂的眼睛在我的脸上搜索着。

"这是不是很奇妙呢?我以前在那个地方工作,现在在这个地方工作。这就是我的工作,来帮助像你这样的孩子。"

她眯起了眼睛。

"你知道世界上还有许多像你这样的孩子吗?他们在学校没有办法开口讲话。"

沉默了好一会儿之后,她轻轻地摇了摇头。

我微微一笑:"所以你看,我们的相遇真的是一种缘分。你刚好在这个班级,而我又刚好懂这方面的知识,也许我可以帮助你开口说话。"

她的眼神黯淡下来。

我笑了笑:"你不太相信我,对不对?你真的觉得这个世界上没有人了解你的感受?你真的觉得你是孤独的吗?"

没有回应。

"那种感觉真让人害怕,对不对?孤孤单单一个人,无法将心中的感觉告诉别人,让人感到很害怕,对不对?"

她蜻蜓点水般轻轻点了点头。

"所以我们能够碰到一起真的非常幸运,对不对?以前我帮助别的小孩子,现在我来这里帮助你。"

她的眼睛泛起一层薄雾。有那么一瞬间我以为她要哭出来了,但是没有,她没有哭。

那天下午,我给他们纸笔让他们自由画画,情况明显得到改善,不再乱成一团了。

画着画着,菲利浦和杰罗米吵了起来。杰罗米抢了菲利浦的水彩笔,还把水彩笔扔得满地都是。

"把水彩笔还给他,杰罗米!"

杰罗米心不甘情不愿地把水彩笔丢给菲利浦,然后无聊地在自己的纸上涂鸦。安静了不到几分钟,杰罗米又去招惹鲁宾。为了制止杰罗米的行为,我罚他到角落里坐着,除非他能够乖乖上课,否则不准他离开那张椅子。为此,他还对我出言不逊:"小姐,你会后悔这样对我的。"

如果说三个小男生是调皮鬼的话,那么洁蒂也好不到哪里去。没有人去和她讲话或是去看一看她,甚至不会注意到她的存在。不只大家如此对她,她也是这样对待大家的。因为她根本无视任何人的存在,总是沉湎在自己的世界里。

我走过去看她的画。她在纸上细致地描绘着一间蓝顶白墙的房子,房子前面有一个很特别的图案,形状类似钟铃,钟铃下面伸出两条长腿,一头及腰的金发披肩而下。于是,我把它假设成是一个人，而且是个女孩。她的尺寸十分小，只占整张纸的四分之一，上面画了一片蓝天和一个大大的太阳，中间则有大片的空白。

"我很喜欢你的画，你用了好多的颜色。这个人是谁呢？"

"老天啊，小姐，你怎么老是听不懂呢？"杰罗米大叫着，"她不会讲话的，我不是早就告诉过你了吗？你不要再白费力气了，你帮不了她的。"

"谢谢你的好意，杰罗米，可是我现在就是要和洁蒂讲话。"

下课铃声响了，杰罗米拔腿跑出教室，紧跟在后面的是菲利浦，教室中只剩下鲁宾、洁蒂和我。我知道我应该去把他们两个人找回来，但是我没有去，继续待在教室里看看他们会不会自己回来。等了一会儿不见他们的人影，我到教室门口向外望了望，确定他们没有在外面捣乱后，又回到洁蒂的身旁。我直接指着图画上的那个人，再次问她："这个人是谁？"

她沉默不语。

"画面上的这个人是什么人？"

还是沉默不语。

"告诉我这个人是谁？"

还是没有回应。

"这个人到底是谁？"我的声音有些严肃，但并没有生气，也没有提高嗓门。

"是一个女孩子。"她喃喃地说。

"你说什么?"

"一个女孩子。"她的声音低沉粗哑,轻微得几乎听不到。

"我明白了。那她叫什么名字呢?"

"泰希。"她回答道。

"泰希?这个名字很有趣。她是你的朋友吗?"

洁蒂点了点头。

"泰希在画里面做些什么呢?"

"她正站在她外婆的房子前面。"

"哦,那么这个房子就是外婆的房子喽。看起来很漂亮,有蓝色有白色,尤其是门最特别了,你把门画得很漂亮。泰希几岁了?"

"6岁。"

"那就是和你一样大了?"

"不对,我是8岁。那时候我刚满7岁,刚在圣诞节的时候过完生日。"

"我明白了。你是不是有时候也会和泰希一起玩呢?"

"没有。"

"你去过她外婆家吗?"

洁蒂盯着她的画好一会儿:"我不认识她的外婆,只是经常听她说起她的外婆。"

洁蒂的手指轻轻地在画上扫过:"我应该把她的头发画成黑色才对。"

"难道泰希的头发不是金色的吗？"

她摇了摇头，说道："不是的，她的头发是黑色的，又黑又直。我一直觉得她是个印第安人，但是我不是很确定。"

"原来是这样，"我笑了笑说，"我很喜欢这张画。我们可以把它放在后面的讲台上风干。现在，我们还是赶快出去找他们，好吗？"

收拾好画具，我们三个人一起出去找杰罗米和菲利浦。

第 2 章

诡异的影像

屏息凝神之中,我听见她说:"救我,救我!"她的声音犹如喘息,"救我,"她不停地说。接着,屏幕变成一片空白。

我回过神来细想了一番,这才惊觉录像带里面的洁蒂从始至终都没有驼背,她一直都站得笔直。

"不会吧?我的天啊!葛伦,葛伦,你听说那件事了吗?太不可思议了。她才来这里6个小时而已,竟然就让洁蒂开口讲话了。你知道你请了一位'神奇女郎'吗?"

短短的时间内这件事情传遍了整个校园,他们为我取了个绰号叫"神奇女郎",还有好多位老师好奇地跑来问我秘诀是什么,真让我无言以对。其实这只是开始,真正的苦战还在后面。

接下来的几个星期,对我来说是个大挑战。我制订了一些行为规范,引导孩子们遵守规矩。同时我也利用放学后的时间重新布置教室，希望这些小朋友能够抛开旧有的习惯，一切重新来过。

不过，最让我不解的还是洁蒂的驼背。她总是驼着背，双手交叉在胸前，好像要护住什么似的。我和学校的心理医生谈过洁蒂的问题，但是她的回答无法说服我。

有一天早上，我发觉自己竟然在静静地观察洁蒂做功课的样子。

"洁蒂，"我叫她，"请你过来这里一下好吗？"

洁蒂转过身注视着我好一会儿后，驼着背，非常缓慢地走到我的身边。"我们来试试看你可不可以站直一些。"我非常小心地催促着她。

我把手轻轻地压在她的脊背上，想要知道她是不是有脊椎侧弯的问题。我可以明显地感受到她的抗拒，接着我把手往下移。"这里的肌肉，"我轻轻地示意她，"你可以把这里的肌肉放松些吗？"衣服下的脊椎骨僵硬如石头，肌肉也绷得很紧，我越摸她越紧绷。最后，我把手放了下来。

"我那样碰你的时候，你会痛吗？"

"我不要你那样碰我。"

"好，我不那样碰你，可是那样你会痛吗？"

"不会。"

"那么，你可不可以站直给我看呢？"

她摇摇头。

"如果我把手拿开，你可以自己站直吗？"

"不能。"

"为什么呢？那样会痛吗？"

"不会。"

"那为什么不能站直呢？"

"因为我必须弯着腰。"

"这又是为什么呢？"

"因为我必须那个样子。"

"可这究竟是为什么呢？"

"这样我里面的东西才不会掉出来。"

为了进一步了解洁蒂的情况，我安排了一次家访。洁蒂的家看上去相当陈旧，窗棂上的油漆都已经剥落。埃科德夫妇十分热情地招待我。他们一共有三个孩子，洁蒂是老大，二女儿是5岁的琥珀，还有襁褓中的小女儿翡翠。

做了一番详细的自我介绍之后，我直奔主题。

"我今天来的目的是要谈谈……洁蒂……"

他们夫妇俩专注地望着我。

"不知你们对洁蒂在学校不愿开口说话有什么看法？"

"我们没有什么看法。"埃科德太太柔声细语地说。

"没有看法？"

"我们并不认为那是一个问题，至少对我们而言不是。她在家的时候很正常，有时候还会像个话匣子一样讲个不停，叫她停都停不下来。"

"哦，那你们可以描述一下那种情形吗？"

"她会变得很愚蠢。"埃科德先生接着说。

"怎么个蠢法？"

他耸了耸肩："就是很蠢，到处跳来跳去的，她，还有琥珀。"他对躲在身后的琥珀微微一笑。

"那个时候的洁蒂会开口说话吗？"

"会，而且还说个不停，乱喊乱叫的，尽说些愚蠢的话。"

"碰到这种情况，你们怎么办呢？"我问。

"就叫她不要乱喊乱叫，不要在沙发上跳来跳去。因为她已经把我们的沙发都给跳破了，你看这里。"他指着那块跳破的地方。

"还有叫她不要说脏话，"埃科德太太附和道，"有时候她会骂一些脏话，然后琥珀就会有样学样。"

他们口中的洁蒂和我在学校所认识的洁蒂竟然有那么大的反差，我真的很难想象她在家中会是这个样子。

"我知道那些脏话是在学校学来的，在运动场上跟那些年纪较大的男生学的。每次她想要惹恼我们的时候，就把那些话搬出来气我们。"埃科德太太缓缓地说。

"那么她是不是会听你们的话然后闭嘴呢？"

"有时候会，有时候不会。"埃科德先生答道。

"她不听话时，你们怎么办呢？你们会打她吗？"

"不会，"他斩钉截铁地说，"我觉得父母亲打小孩子是不对的，我们不会打我们的小孩，不过会处罚她们。有时候会罚她到屋外去，随便她怎么吼、怎么叫。"

"我明白了。"

一阵沉默之后，我注视着那对夫妻："这么说来你们并不认为洁蒂在学校不说话是什么大不了的问题了？"

"她只是害羞罢了，她和外界的接触太少，也不太能适应外面的社会。她和琥珀都一样，总认为家里是最好的地方。"

"呃，还有一件事情……就是洁蒂走路的样子。这件事情你们有什么想法吗？"

"哦，那个啊，那真的是没办法的事，她一出生就是那个样子。"埃科德太太说，"生她的时候我真的是受尽折磨，因为她的胎位不正，挣扎到最后，还是动了刀子才把她取出来。不过也因为时间拖得太久，导致她的脑部缺氧，所以才变成那个样子。"

"哦，"我惊讶地说，"这点我倒是不知道，学校里没有人跟我提到过这件事。"

"我们一直都对洁蒂呵护有加。我并不认为她有什么问题，她的年纪还那么小，又那么害羞。不过这并不表示她就什么都不行，她的功课一直都很好。我觉得只要耐心对待她就不会有什么问题。"

家访结束之后，我仍然觉得有很多疑问。我并不是指埃科德夫妇有所隐瞒，可是他们的答案依旧无法解开我心中的谜团。

三月初刚好是周末，我利用两天休息时间回到以前工作的诊所。除了看看同事之外，我想利用这个机会向诊所的所长罗森道医生借一台录像机。我一直有使用录像机记录课堂教学的习惯，因为那样便于我更清楚地调整我的教学方式。

星期一早上，我在教室中安装录像机的时候，洁蒂蹒跚地走过来。

"我知道，这种东西可以拍出电视画面，你要把我们都放到电视里吗？"

"不是，只是把我们放进这个小小的地方，它叫作屏幕。"

"我的妈妈和爸爸可以看到这个屏幕吗？"

"不行，这只是给我们看的。当我们全部到齐的时候，就可以把它打开，然后每个人都可以看到他自己。我们还可以把我们上课和每个人做功课、玩游戏的情景拍下来，那一定会很棒的。"

洁蒂在镜头前好奇地看来看去，一会儿把脸贴在镜头上，一会儿又把距离拉得远远的，然后她看着录像机底座："这就是开，对不对？"

"没错。"

"那么，这就是关，对不对？按下这个按钮后它就停了，对不对？"然后她凑近机器，"录——像，"她念着这两个字。

"对，录像。你只要按下那个按钮，机器就会开始拍摄。"

"我知道它的意思。"

我抬头看着她："你以前见过这种东西吗？"

她点了点头："巴迪·艾温家就有一台。"

"他是你的朋友吗？"我问。

"是的。巴迪还有杰亚，每次他们来时，他们就会把人们放进电视里面。"

"杰亚？"我听得一头雾水，"杰亚？巴迪？你是指电视上那个巴迪？"

"不是，我不是说巴迪在电视上，是他把人放进电视里，那个人就会变成大明星，就会赚很多的钱。"

我依旧听不懂她在说些什么，不过我还是把这段对话记录在洁蒂的个人档案中。

除了中午用餐时我把它关掉之外，那台录像机把我们那天上课的情形全部都拍了下来。连续录了两天，我把录像带拿出来播放，内容大都是我在指导杰罗米的画面，其他三个小朋友的部分并不多。上课的录像全部播完后，我正起身准备关机，突然画面上出现一个模糊的影像。一开始我以为是诊所以前录的东西没有洗干净，但是仔细一看，我吓了一大跳，那个背景正是我们现在上课用的教室，只是角度稍微有些不一样。想必这一段是在没有开灯的情况下录的。问题是怎么录的呢？又是什么时候录的呢？我记得很清楚，午休的时候我把录像关掉了，怎么还会有这一段呢？

"喔喔喔喔——喔喔——喔喔喔喔。"一种细细的、有些尖锐的声音从里面传了出来，中间还夹杂着其他的声音。

我大惑不解，浑身很不舒服。我坐下来，思前想后也找不出理由解释眼前的影像。

"喔喔喔喔——喔喔——喔喔，"洁蒂的身影离镜头大约数米之遥。"喔喔喔喔——"她继续叫着，镜头里的影像忽前忽后，时而清晰，时而模糊，至少持续了两三分钟。然后她又突然一言不发地盯着镜头看了好一会儿。接着她转身抓起两只铅笔压住上嘴唇，再把下嘴唇用力地往外伸，弄出非常夸张的嘴型。她开始对着镜头吹气，同时还发出"阿卡，阿卡，阿卡"的声音。

我被这一段恐怖诡异的影像吓得坐在椅子上无法动弹。当她的影像又飘回镜头前的时候，我眼前浮现出一堆黑发，黑发中间显露出她那张毫无生气的白皙脸庞。然后，她把脸又贴到镜头上，开始小声地说话。

屏息凝神之中，我听见她说："救我，救我！"她的声音犹如喘息。"救我，"她不停地说。接着，屏幕变成一片空白。

我回过神来细想了一番，这才惊觉录像带里面的洁蒂从始至终都没有驼背，她一直都站得笔直。

第 3 章

我们的秘密

> "我们不是小女孩,我们是鬼,鬼是不会寂寞的。而且当我们变成鬼的时候,就可以自由地飞来飞去了……"

那段影像我看了不下数十次,就是解不开其中的疑点。我唯一能够找到的解释是,洁蒂趁我去吃饭的时候偷偷打开了录像机。所以我吃完饭回到教室,才会发现录像机是开着的,那天下午录像机的电池才会没电。问题是,她那样做的目的到底是什么?难道她故意要我看到这一段?或者她只是想玩录像机,却没料到有人会看到那一段?然而,她那直立的姿势又该做何解释?我百思不得其解,便决定暂时不向任何人提起这件事,一如往常地继续使用录像机。

大约两个星期以后,有一天我利用放学后的时间留在教室里准备隔天的课程。埋首工作的同时,我总觉得有人在偷偷看我。我抬头望了望四周,什么也没有。我低下头继续工作,但是那种被窥视的感觉越来越强烈。我抬头看了一下墙上的钟,四点十五分,这时候学生都已经放学回家,老师也都在楼下的教师休息室,应该不会有人在这里。我起身走到教室门口,探出头看外面的走廊。

洁蒂站在教室外面。

"你好。"我说。

她抬头注视着我。

"这个时候你怎么还会在这里呢?虽然放学后你们可以来这里玩秋千,可是蒂伯金先生可能会不高兴,他不喜欢小朋友放学后还在学校逗留。"

她仍然一言不发地注视着我。

"你是不是需要什么东西?"

没有回应。

"我现在很忙,如果你需要什么东西,我可以帮你拿,要不然你应该赶快回家。"

她还是不说话。

我望着她:"你要不要进来呢?你站在这里是不是想要进来?"

她一声不响地从我身边跨进教室。

"我现在很忙,如果你想要留在这里,你得安静地自己玩。"我转身,边走边说。

她径自拿出拼图,在一张小椅子上坐了下来,然后便专心地拼起图来。

10分钟、15分钟、20分钟过去了,我们各做各的事情,谁也没有开口说话。工作完成后,我便坐在椅子上静静地看着她。

"坐直一点儿,好吗?"我喃喃地说,声音低得几乎听不见。

洁蒂突然停止了动作,手中还抓着一片拼图。

"让我看看你是怎么做到的。"

我也不确定她有没有听到我的话,只见她继续搜寻,然后将手中的那块拼图放上去。

"让我看看你是怎么做到的,就像你在录像带中所做的那个样子。"

还是看不出她到底有没有听到我说话。

"我明白的,洁蒂。"

她非常非常轻地点了点头,但是并没有抬起头来看我。

"没有关系的,你如果觉得不想做,那就不要做,由你自己来决定。"

洁蒂抬起头来,歪着头看着我,但是并没有把身体坐直。她研究着我脸上的表情。

"你是谁?"她轻描淡写地问。

"桃莉。"我说,但不确定她问这话到底是什么意思。

"桃莉?"她的声音听起来像个外国人,"桃莉?你是桃莉?"

"是的,我是桃莉。"

"桃莉?"她又念了一遍,"可是你到底是谁?"

由于不知道她真正想要知道的是什么,我犹豫着,不知该怎么回答她。

"你到底是谁？"

"我是一个老师，"我不确定地说，"就是帮助小孩子的人。"

"可是你到底是谁？"这是她第四次问我同样的问题了。

我知道我怎么回答都不会是她想要的答案，于是反问她："那你觉得我是谁呢？"

洁蒂停了好一会儿，然后耸了耸肩："也许你是上帝吧。"

第二天放学后，我待在里面的衣帽间准备第二天的工作。听到外面有动静，我走出衣帽间一看，又是洁蒂。

"你喜欢在放学后来教室，对不对？"

她轻轻地点了点头。

"可是你也不能每天都来，我不会每天放学后都留在这里。再说有时候我也必须到外面工作，如果让你一个人留在这里，蒂伯金先生会生气。所以你以后不要再来了，好吗？你明白我的意思吗？学校有规定，学生放学后不可以留在学校。"

她不置可否地点了点头，然后蹒跚地走到教室的角落，抓起动物玩具自顾自地玩了起来，我则回到衣帽间打开桌上的台灯继续工作。

大约20分钟后，洁蒂拿着一张纸出现在衣帽间的门口，她的脸色苍白，好像被什么东西吓着了。她不停地检视着墙上的那些挂钩、长凳子下面的阴影，然后跨了进来。

"如果你把上面的灯打开，可以看得更清楚。"我这样建议她。

"这里平常都是很暗的。"

"那是因为我不喜欢在白天开灯,那样太浪费电了。再说,这个房间没有窗户,教室和走廊上的自然光照不进来。"

"这里面没有窗户。"洁蒂喃喃地说着。

"没有。"

她又再次仔细地检查了一遍衣帽间,然后注意力又回到手上的那张纸。"我可以用这张纸吗?"她问道,"我可以在上面画画吗?"

"可以的,你尽情地画吧。"

于是她专注地画了起来。她先把纸涂成一片黑色,只留右边角落的一小块地方。她在那个角落上画了两个钟形小人儿,他们都没有脸庞。

"这张画看起来很有意思。"我说。

洁蒂看着那张画,"这是我和琥珀。"她用手指着说。

看了好一会儿后,我说:"你知道吗,洁蒂,老实说,我觉得这两个人看起来不像小女孩,她们的形状好奇怪。"

"我只说那是琥珀和我,我没有说我们是小女孩。我们不是小女孩,我们是鬼。"

"哦,原来如此。你和你的妹妹把自己打扮得像鬼一样,你们一定是在过万圣节,对不对?"

"不对,我们没有打扮,我们真的是鬼。"

一阵沉默之后,我问她:"哪一个是你,哪一个是琥珀呢?"

洁蒂拿起铅笔在那两个小人儿下面分别填上她们自己的名字。

"那么你的爸爸和妈妈呢？还有翡翠呢？"

"我和琥珀变成鬼的时候就没有爸爸和妈妈了。翡翠太小，还不知道怎样变成鬼。"

"哦，我明白了。只有你们两个小女孩会不会觉得很寂寞呢？"我很小心地说。

"可是就像我刚才说的，我们不是小女孩，我们是鬼，鬼是不会寂寞的。而且当我们变成鬼的时候，就可以自由地飞来飞去，可以看到人们在做些什么事情，但是那些人看不到我们，所以不知道我们在做些什么。"

我点了点头："听起来很有意思。你们看到人们都在做些什么呢？"

"没什么大不了的，就是吃饭睡觉还有看电视。其实我不害怕天黑，因为天黑后我们才能变成鬼。但是如果在你还没有脱离身体前天色就变得很暗的话，那就没有办法变成鬼了。要是你没有办法脱离身体的话，你就会被卡在身体里面出不来。"

我不解地看着她："我不懂你的意思。"

洁蒂似乎警觉到什么，她迅速转过头，不回答我的问题。

"说说有什么关系吗？你很害怕说这件事情吗？"

停了好一会儿后，她说："呃，我真的不应该告诉你这件事。"

"这是为什么？"

"我不应该讲的。"

"那这又是为什么呢？"

"因为这是秘密。"她又转过头望着我，"你不应该知道别人的秘密，对不对？"

我不置可否地耸耸肩，并对她微笑着说："有时候那也无伤大雅的呀。"我尽可能保持平常的语气："更何况我对这个很感兴趣。你们是怎么变成鬼的呢？我也可以变成鬼吗？你可以告诉我该怎么变吗？"

"呃，我想你是做不到的。"她盯着那张画迟疑了一会儿，"你可以让自己很安静，安静到好像死去一样。然后，当你做到这个样子的时候，就可以脱离你的身体。"停了一下，她对那张画皱了皱眉："只是，我想大人是没有办法做到的。"

"你可以很容易就做到吗？"

"应该是吧。"

"那么你怎么回到你的身体里面呢？"

"我也不知道，我早上醒过来的时候就已经回来了。"

"那是梦吗？"

她又皱了皱眉："不是，那不是梦。有时候我真的可以做到，只是我每次努力要留在外面不回到身体里，我就会睡着。"

"听起来好像你并不喜欢回来？"

"你看，如果太阳出来的时候你还是个鬼的话，那你就会永远当鬼，这是泰希告诉我的。你就不必再回到身体里面了，因为当太阳升起时，你的身体中已经没有人的灵魂了，它已经死了。为了不回来，我总是拼命地喝可乐，可是到最后我还是睡着了。所以当我早上醒过来的时候，我总还是在身体里面。"

"那你是比较喜欢当鬼了？"

洁蒂点了点头。

我们注视着对方，不知道该怎么继续谈下去，沉默紧紧笼罩着我们。

"我很喜欢这张画，"最后我打破沉默说，"可以把它送给我吗？"

"你要这张画干什么呢？"

"只是想要留着它。也许我们还可以把它贴在墙壁上给其他的小朋友看，这是一张很棒的画。"

"不行，"洁蒂警觉地说，"我不想要其他人看到。"

"为什么呢？"

"因为我告诉过你的，这是我的秘密，现在也是你的秘密。更何况，如果你把它贴在墙上，蜘蛛就会从上面爬过去，蜘蛛可能就会看到它，然后警察就会来。"

她把我搞得一头雾水，完全听不懂她在说些什么："警察？你到底在说什么？"

"他们会说我撒谎，然后就把我抓走。他们会把我关在牢里，我可能会死在那里面的。如果他们觉得我想要逃走的话，他们有可能会用枪把我打死的。一旦他们把我关到牢里，他们还可能会用椅子把我打死。"

看到她情绪越来越激动，我赶快转换话题："这么说来泰希也知道你变成鬼的事了？"

洁蒂点点头："是的，就是泰希教我和琥珀怎么变成鬼的。"

"她好像很聪明。"

洁蒂又点点头："泰希知道很多很多的事情。"

"她好像对你很重要。"

我第一次看到她的嘴角有一丝笑容。"是的，她是我最好的朋友，我最喜欢她。"

"她也在这里念书吗？是几年级？在哪个班？"

她呆呆地看着我："当然不。"她的语气好像我问了一个很蠢的问题："所以她才能教我和琥珀变成鬼呀。"

"我不懂你的意思。"

"那样我们才能够去看泰希呀，泰希不能来这里。她已经死了一年多了。"

连续两天洁蒂都在放学后出现在我的面前，第三天下午她没来，我感到若有所失。

大约一个星期以后，她又开始在放学后出现。当教室门发出"咔"的声音时，我抬头看墙上的时钟，时间是四点三十分。洁蒂就站在门外，显然她已经回家换过衣服了。

"你好。"我微笑着向她打招呼。

她默默地走进来。跟上次一样，她又仔细地检查了整个房间，然后转身去检查衣帽间的门。过了好一会儿，她突然回头问我："你有没有这个门的钥匙？可以把门锁起来吗？"

我点了点头。

她的脸霎时亮了起来："可以把钥匙给我吗？我要把门锁起来。"

我对她的行为越来越好奇，于是把钥匙递给她。我听到她喃喃自语"太好了"，然后她很快把门锁上，接着又把另外那扇门也锁上。两扇门都锁好后，她开始在地上仔细地搜寻着什么东西。

"你在找什么吗？"我问。

"蜘蛛。这里没有蜘蛛。"她念念有词地自言自语着，"这里没有蜘蛛。"

"当然不会有蜘蛛，校长经常会派人来消毒的。"

洁蒂抬起头来望着窗户："没有蜘蛛，没有窗户，没有人可以进来。"然后她又回头去拉了拉锁上的那两扇门，看看是否牢固。确定一切都很理想之后，她突然大声笑起来。我被她的笑声吓了一大跳，因为洁蒂从来没有笑过，更别提开口大笑。

"你平常一定不喜欢把门打开，对不对？"

"我把它锁起来了，我把我们锁在里面了。没有人可以进来，没有人可以从窗户看到我们，也没有蜘蛛可以进来。真是太好了，这下子我终于安全了。"

"没错，这样的确很安全。"

她又环视了房间一次,然后说道:"你想要看我站直的样子,对不对?"语气中透着神秘感。

我点了点头。

她一手扶着墙壁,一点一点地把身体拉直,同时双肩向后仰,把腹部挺了出来。她直直地站在那儿,心照不宣地对我微笑着,和之前那个驼背成90度的孩子判若两人。

"非常好。"我也报以微笑,然后我们两人没有再说什么。

过了好一会儿,她突然低着头默默地说:"我现在终于知道那个招牌的意思了。"

"什么招牌?"

"第19街那个教堂的前面有一个招牌,上面写着'上帝赐你安全'。每次经过那个地方,我都一直在想它的意思,但是却想不明白到底是什么意思。"她微笑着,"可是现在我懂了,我在这里很安全,对不对?我和你在一起很安全。"

这种放学后的会面渐渐地变成我们之间的固定模式。每次她进入衣帽间后的第一件事便是锁门,然后把身体拉直。有时候我们会聊聊天,有时候各做各的事。这时的洁蒂已经不再老是玩拼图了,她非常起劲儿地玩一些很耗费体力的游戏。她会抓着墙上的挂钩,用力摆动身体,就像在荡秋千一样,要不就站在椅子上又跳又叫,简直就像一个精力永远用不完的野孩子。她的尖叫声有时连我都受不了。

上学时的洁蒂和放学后的洁蒂是截然不同的两个人。上学时的她不开口说话,驼着背走路,总是把双手护在胸前。

一个星期五,我决定在手工课上教小朋友们做贴图。我收集了一大堆杂志,还有一盒杂七杂八的东西——从羽毛到海绵块,从瓶盖到生面条等等无所不有。看见我带来的那些东西,几个小男生都兴高采烈地立刻动手剪剪贴贴起来,只有洁蒂坐在那儿一动也不动。

"不知道要怎么开始吗,洁蒂?"我问她。

没有回应。

"你知道的,我们不一定每个人都要做同样的东西,你可以按照你的意思做。重点是,做这种东西不需要考虑太久,你脑海中想到什么就把它做出来,一切只要跟着你的感觉走就是最好的。好了,现在你再试试能不能做一些东西出来。"

说完我便去看其他三个男生的作品,让洁蒂一个人好好地想想。洁蒂的功课一直都不错,但是遇到一些没有固定主题或者需要创意的东西,她就会不知道该如何做。

过了好一会儿,我又绕回到洁蒂的身边。这时洁蒂已经开始动手做,她正从一本杂志上剪下一些图片。我站在那儿看了一下,想要辨别她剪下的那些图片相互之间的关系,可是看了半天还是搞不清楚。这时刚完成作品的杰罗米不安分地凑了过来。

"你在干什么呀?"他靠在洁蒂的肩膀上问道。

洁蒂不理他，自顾自地剪着她想要的东西。剪了大约二十片的时候，她把图片全摊在面前，然后拿起剪刀非常小心地把那些图片再剪成一小片一小片。

"天呀，你们看看她，她疯了。你们看看她在做些什么？她这样做到下课也做不好的，我看我们什么也不用做了，全等她一个人就好了。"杰罗米大声抗议着。

我瞪了他一眼，示意他闭嘴。

"你疯了！"他对洁蒂大叫一声后赶紧转身跑掉。

我没有理会他。为了安抚三个男生的情绪，我开始讲故事给他们听。

直到下课铃声响起，洁蒂还没有完成她的作品，脾气暴躁的杰罗米一个箭步冲了过来。

"嘿，嘿，你们看她做了些什么东西？"杰罗米用手中的铅笔往那张纸上用力画了两下，洁蒂来不及阻止，他高高举起那张纸要我看。

此刻我才明白她剪的那些图片之间的关联——每一张图片上面都有一大块红色。她用那些红色的图片围成圆圈，把中间那个由黑线做成的 X 紧紧围住。

"嘿，做得很好看嘛！"杰罗米在那里叫嚷着，"原来你并不笨嘛，你以前老爱装笨！"

"你做的东西很有意思，洁蒂。"我说。

洁蒂只是一言不发地坐在那里。

我弯下腰把那张贴图捡起来："你的这个构思非常地棒，洁蒂。

你要不要跟我们解释一下你的构思呢？"

她双手捂住嘴巴，咕哝咕哝地不知道在说些什么。

"你说什么？"

她把身体驼得更低，口中还是说些我听不清的话。

"我听不到你在说些什么，甜心。你说大声一些，好吗？"

"把它丢掉。"

"你要我把你的贴图丢掉？可是你花了那么多的心思才做出来的。"

"把它丢掉。"

"你可以告诉我原因吗？"

她没有回答。

"是不是杰罗米说了什么不该说的话？"

她轻轻地摇了摇头。

"我觉得你做得很好呀？我想要把它留下来。如果你不想的话，我们就不要把它贴在墙壁上，可是我们不要把它丢掉好吗？我觉得那样很可惜。"

眼泪滚下她的脸颊。"把它丢掉。"她说。

"可是，到底为什么呢？"

"圆圈里的 X。"

第4章

走火入魔

"吃屎吧！"她嘶喊着，"你去吃屎吧！你去吃屎吧！"她整个人有如发狂一般，在椅子上、地上又跳又踢。"我现在就要来抓你了！我现在就要来抓你！我现在就要杀了你！"她不停地吼叫。可是她似乎不是对着我，而是对着空气吼叫。

为了教学方便，我一直有收集洋娃娃的习惯，男娃娃和女娃娃以及他们的衣服无所不齐。此外，还有不少填充玩具、玩具碗盘等等。我把这些东西全放在一个大箱子里面。

第一天我把那些玩具带进教室的时候，三个小男生都表现得很激动。

"玩具娃娃？"杰罗米唯恐大家听不到似的抓着洋娃娃大叫，"你该不会要我们玩这些玩具娃娃吧？这是女生的玩具，不是给男生玩的。"说完随手把娃娃丢回箱子，转身走回他的座位。

这时在一旁的鲁宾也说:"你们看,这里还有男生娃娃,其他的玩具,还有足球,还有好多好多玩具呢。"

"老天,老师,如果你想要我们去玩那些玩具的话,那你就大错特错了。"

"没有人规定你们一定要玩那些玩具,任何人都没有义务一定要玩那些玩具,对不对,杰罗米?同样地,当你们在玩那些玩具的时候,也不要觉得不好意思。你们不需要把它们看作是玩具娃娃,它们其实是……其实是人类的代表和化身。"

"它们只是娃娃而已。"

不管怎么样,我还是把那些玩具放在教室中让小朋友们自由地去玩。

当天下午放学后,洁蒂一如往常来到衣帽间。锁上前后两道门后,她把身体站直,然后放声尖叫,不过这次她没有叫得很大声,也没有叫很久。做完这些事情后,她开始在房间里打转。很快地转了几圈之后,她扫视了一下房间,然后便蹭到我的身旁。

"你知道吗?"她柔声地说。

"什么?"

"我没有事情做。"

"你是不是觉得有点无聊呢?"我一边准备着我的工作,一边回答她的问题。

她点了点头。

"那么你觉得我们可以做些什么呢?"我抬起头来看着她问道。

"要是那些娃娃在这里面就好了。"

"如果你想要玩那些娃娃的话,就拿来玩吧,没有关系的。"我说。

"可是它们在外面。"

"你可以去拿进来呀,放娃娃衣服的箱子就在书架上。你可以帮娃娃把衣服穿上,再拿进来。"

洁蒂凝视着我。我知道她要我去帮她拿那些娃娃进来,但就是不愿开口。于是,我转身继续我的工作。

"如果你把门打开,你就可以拿到那些娃娃。"我低着头说道,"书架就在衣帽间的门边,你一打开门就可以拿到,等你拿到后再进来把门锁上就好了。"

洁蒂扭过头盯着那道门。打开门出去拿东西,对她来说是一项艰巨的挑战,她不但要离开这个安全的庇护所,而且拿箱子的时候还得把身体站直,那会让她更加没有安全感,她害怕自己里面的东西会掉出来。她悲伤地叹了口气,无力地颓坐在长椅上。

"你要不要我帮忙呀?"我问她。

她用力地点了点头。

"你知道吗?如果你告诉我你想要什么东西,我就比较容易帮你。我没有办法知道你心中在想些什么,所以,如果你不告诉我,我没有办法帮你。"

她还是一言不发。

我从椅子上站了起来："我去把门打开。"打开门后，我回头看了洁蒂一眼，洁蒂立刻朝房间里缩了回去。

"走吧，"我向她伸出手，"我们一起去拿，你拿你想要的娃娃，我拿装娃娃衣服的箱子。"

洁蒂跟在我的身后怯怯地走进教室，这次她的驼背并不是很严重。她飞快地抓起娃娃，迅速窜回衣帽间。确定我把门锁好后，她大大地松了一口气，自顾自地坐在长椅上，把娃娃一个一个地排在长椅子上，然后再逐个仔细地检查。

"这些娃娃真的好漂亮，你是从哪里拿来的？"她轻轻地说着。

"我买的，是一个一个买回来的，花了我好几年的时间呢。"

"怎么会呢？你这么大的人怎么还会玩娃娃呢？"

"我是为我以前班上的小朋友买的。"

洁蒂伸出手指抚摸着娃娃的头发："他们就是你跟我说过的那些男孩和女孩吗？就是那些和我一样不说话的孩子吗？"

"是的。"

"你真的教过那些孩子吗？"

"我的确教过。"

她抬头看着我："真的吗？你该不会是在编故事吧？"

"我真的教过许多像你一样不说话的孩子。我帮助他们开口说话，帮助他们解决他们不愿说话的问题。这种工作就叫作'研究'，那是我的兴趣，也是我的专长。我想要找出孩子们不说话的原因，我想为他们找出一个解决的方法，所以那就变成了我的研究。"

"那你找到原因和方法了吗？"她依旧逗弄着娃娃。

"我想我找到了。"

她停下手中的动作，注视着娃娃好一会儿，然后缓缓地说："那些孩子……他们真的不说话吗？像我一样不说话吗？"

"是的，就像你一样不愿说话。"

"后来你把他们都治好了，对不对？你把他们都治好了吗？他们真的都会讲话吗？他们会和你讲话吗？他们会把心里的事情告诉你吗？"

"是的。"

她抬头望着我："他们会把事情告诉你？"

我点了点头。

"那你相信他们说的话吗？"

"我尽量去相信人们告诉我的事情。"

"然后你会尽力治好他们？"

"没错，我会努力地去治好他们。"

又是一阵沉默。洁蒂拿起一个长发及腰的娃娃，用手指梳着娃娃的头发："我可以把这个娃娃的衣服换掉吗？"

"当然喽。你可以按你的意思给娃娃换衣服，娃娃本来就是做来给人玩的。"

洁蒂不再说话,只继续玩弄着手上的那个娃娃。她慢条斯理地把娃娃的衣服一一脱下来,再从箱子里找出一些她喜欢的衣服为娃娃穿上,从袜子到内衣裤再到外面的衣服全部都更换。由于她的动作非常慢,我不得不提醒她。

"我们只剩下几分钟的时间了,洁蒂,再过几分钟就五点了。"

"不准那样说。"她头也没抬地说。

"我们有的是时间可以为娃娃穿衣服的,可是现在我们得走了,再不走的话,校工就会来把所有教室的门锁上的。"

"不准那样说!"她的话语中夹杂着愤怒。

"你还没有准备好离开,对不对?"

"我今天没有时间玩。"

"是的,明天吧,明天再来玩。我们可以把东西保持原状,我想那几个小男生不会在意的,等明天放学后你再继续玩。"

出乎我的意料,她的下唇竟然颤抖起来,双手紧紧抓住娃娃。

"我看得出来你不想离开,对不对?"

"我需要多一点时间,我需要把这件事情做完!"话音刚落,她的眼泪决堤般地流泻而下,不停地滴在长椅子上。她把娃娃紧紧抱在胸前:"我得为她找个地方!我现在不能走,我得为她找一个安全的地方!"然后她跑到后面,趴在墙上哭了起来。

意识到我正朝她走过来,她转身躲开。"她根本就没有地方可以躲！"她哽咽地说着，"这是什么烂房间嘛，这样烂的房间怎么可以躲人呢？怎么会安全呢？没有地方可以躲了，我得在离开前替她找一个安全的地方让她躲起来。"

"洁蒂，甜心——"

"你不会懂的！"

"也许我懂呀，"我柔声说，"我们现在还有几分钟的时间，如果你要为娃娃做的事情只需要几分钟就能完成，我们还有足够的时间。"

她泪眼婆娑地看了我一下，然后渐渐地放松下来。

我笑了笑："来吧，甜心，把你要做的事情做完。"

洁蒂缓缓地走到我身边。"我要为她找一个地方，"她的脸颊上还挂着两道泪痕，"我要她觉得温暖舒适。你看，这就是为什么我要替她穿上衣服的原因，因为她总是觉得好冷。我一直跟她说我要找一些暖和的衣服给她穿。"她抬头望着我，脸上露出不好意思的表情。

"好的。"

"可是现在我要替她找一个地方。"

"我可以帮你吗？"我问她，"你心中理想的地方是什么样子的？"

她环视了一下房间："这个地方光光的什么都没有，这里没有合适的地方。我在回家之前没办法替她找到一个安全的地方了。"说着说着，泪水又滚下脸颊。

"你是要找个地方来放娃娃，是吗？"

"一个温暖的地方，而且一定要很安全。她一定得要躲起来才行。"

我环顾房间四周，的确没有地方可以让娃娃躲起来。这时我突然看到那个装玩具的箱子。"你觉得这里面怎么样？也许你可以把娃娃放在那堆娃娃衣服的中间，那样她就会很温暖很安全了。"

洁蒂打量了好一会儿后，点了点头。然后我们一起动手把娃娃放到玩具箱里，洁蒂还用衣服把她盖得几乎看不见。

"这样她还是可以呼吸的，我为她留了一个通气孔。要是有人进来，他们不会看到她，他们会以为她只是个玩具而已，和其他的玩具没有什么两样。"然后她又不安地看了我一眼，"对不对？他们不会发现的，对不对？"

"我相信他们不会发现。"

"他们不知道她在这里，所以她安全了。"她抬头望着我，"而且你要把门锁起来，好吗？"

我一边穿上外套一边回答她："我会把门锁起来的，我每天都锁门。"

一切都满意后，她走过去拿她的外套。

正准备离开之际，我停了下来，把一旁的盖子拿起来轻轻盖在箱子上。

"不！不要！"洁蒂哭喊着。

"我只是要轻轻地把盖子放在上面，这样东西才不会到处都是。"

"不要！不要！不要盖盖子。如果你把盖子盖上了，她会以为她被活埋了，泰希会非常害怕的！"

接下来的几天，洁蒂放学后都没有出现。到了星期五，她又来了。

她跨进房间，转身锁上门后，笔直地冲到放在长椅子上的箱子旁。"你在哪里？你在哪里？"洁蒂焦虑地找那个娃娃。

"你拉在裤子上了！"她打了个冷颤，然后抱起所有的娃娃，将娃娃们全放在地板上。"你们全都拉在裤子上了。你们知道这下子我该怎么办吗？我得把你们的裤子全都换掉，把你们的大便全都弄干净。"她在地上坐了下来，开始把那个娃娃的衣服剥下来。

"你是不是也拉在裤子上了呢？"她抓起另一个娃娃问，"你拉在裤子上了，对不对？我们得去洗一洗才行。"她在房间里迅速看了一圈，"有什么东西我可以用呢？"突然她跳了起来，"把那个给我，我要用到它。"她指着我桌上的一个罐子，于是我把罐子递给她。

她非常投入地玩她的游戏，完全无视我的存在。就像是过家家游戏中的妈妈，她忙着清理那些娃娃们的大便，而且忙得不可开交。

我握着笔，坐在桌前，看着眼前这幕游戏，觉得她好像走火入魔了，她被一股急躁冲动的情绪所控制。我觉得这不是一种正常的反应。我静静地坐在一旁观察她。

洁蒂把娃娃们的衣服剥光，再将它们一个个排在长椅子上。

"现在，你们知道接下来要怎么办吗？"她自言自语地说着，"你们现在要把这些东西都给我吃下去。"她抓起一个小小的玩具面团塞到娃娃的嘴巴里。她还觉得不满意，把娃娃的眼睛和鼻孔也都塞进面团，弄得娃娃一脸的面团。"吃下去！给我吃下去！"她愤恨地命令着。

我再也无法保持沉默："为什么要让它们受那样的罪呢？"

洁蒂全然忘了我的存在，因为她一听到我的声音，原本积压在胸中的怒火全部爆发出来，她把手上那碗由面团做成的大便往我身上丢过来。

"吃屎吧！"她嘶喊着，"你去吃屎吧！你去吃屎吧！"她整个人有如发狂一般，在椅子上、地上又跳又踢。"我现在就要来抓你了！我现在就要来抓你！我现在就要杀了你！"她不停地吼叫。可是她似乎不是对着我，而是对着空气吼叫。

大约在房间里狂乱地转了四圈后，她突然冲到我的面前猛地抽走我手中的笔，"吃屎吧！吃屎吧！吃屎吧！"然后绕着房间一圈又一圈地划着墙壁。

"嘿，你在干什么呀！"我从椅子上跳了起来，"我不准你这个样子，洁蒂。"

"你阻止不了我的！"她继续划墙壁。

"我可以！"我一把抓过她，把她紧紧地压在我的身上。

"你不行的，我会杀了你。"她拿着笔想在我的手上画十字架，我迅速夺下她手中的笔，把她的手臂紧紧地压在墙壁上，不论她怎么挣扎，我就是不放手。起初她歇斯底里地嘶吼尖叫，一阵挣扎后她开始哭起来，最后我们两个人都无力地跌坐在地上。

"对不起，"她一边掉着眼泪一边说，"对不起，对不起。"

"没有关系的，不用担心。"

她伸出手在我的手背上不停地搓着，想要擦掉她画在上面的那个十字架，擦了半天也擦不掉，于是她将手指伸到脸颊上沾了一些泪水，继续在我的手上搓起来。她的这个动作勾起了我的恻隐之心，我把她拉了过来。

"不用担心，那只是个记号而已，不会痛的。"

"我不要你死掉，你不可以死。"

"那只是墨水而已，洁蒂。我可以把它洗掉，不要再哭了。"

"千万别死，求求你别死。"

那晚在回家的路上，我十分忐忑不安，以致于有些害怕回家，因为害怕一个人在家无法面对这种不安的情绪。于是，我绕到超市买了一些东西，然后东逛西逛，希望能在情绪平稳后再回家。我知道洁蒂的情况可能不简单，但我不知道她的问题出在哪里，她的家庭看起来十分健康。我完全理不出个头绪，也只能暂时将它搁在一边不去想它。

星期一放学后，洁蒂又到衣帽间来找我。她来得有些晚，四点四十分才走进衣帽间。一如以往,她一进来就锁上前后两道门。不过今天有点不同,以前她锁好门后会回头检查有没有锁牢,今天却没有那样做,只是一个人闷闷不乐地坐在长椅子上。

"你今天好像不高兴。"

她没有反应。

"你今天一整天都很安静,你还好吧?"

"还好。"

"周末过得好不好?"

她耸了耸肩。

沉默了好一会儿后,她弯下腰,一头乌黑的头发披散在肩上。

"你好像要哭的样子。"我说。

听到我这样说,她马上把脸埋在膝盖上。不过在她低下头之前,我已经看到她眼眶中的泪水。

我站起来,走到她的身边坐下,然后缓缓抱着她的肩膀:"怎么回事,甜心?"

"我再也看不到我的猫咪了。"她悲泣着说道。

"哦,甜心,这真叫人难过。到底是怎么回事呢?"

"它不见了,它走了。"

我把她抱在怀里。

"它还很小,"这时她挣脱我的怀抱,抬头看着我,"它根本还没有长大。"

"哦，可怜的猫咪，可怜的洁蒂。"

"它很瘦。我总是把我的晚餐留下来，用卫生纸包好，然后拿去喂它，因为它老是吃不饱。它是一只母猫，我给它取了个名字叫珍妮。"

"它是不是出了什么事情？它被车子撞到了吗？"

她用手背擦掉脸上的泪水，摇了摇头："不是的，它本来是在仓库里面的，可是现在它已经不在那里了。"

"这只小猫是你发现的吗，还是别人家走失的呢？"

洁蒂哭得太过伤心，不停地抽搐着鼻子，根本没有办法回答我的问题。

"嗯……也许它现在过得很好，有可能它只是搬到别的地方去住了。有时候流浪猫咪都会这个样子，它们不习惯和人类相处，所以你对它们好并且想要亲近它们的时候，它们会不知道该怎么办，不知道是不是还要住在同一个地方，所以它们就会搬走。"

"它没有逃跑，"她回答道，"它不可能逃跑，它住在一个箱子里。"

"在一个箱子里？在什么地方的箱子里？"

"在我们家的仓库里，就像我刚刚告诉你的，就在我家房子的后面。我把食物拿到那里给它，而且还会把食物放进箱子里，可是现在它却不见了。"

"那么它是怎么进到箱子里面的呢？那个箱子又是谁的呢？"

"他们把它带走了，而且他们一定会杀了它的。"洁蒂忍不住又大哭起来,哭声是那样地悲切。

"谁会杀它呢?"

"他们。"

"他们是谁,洁蒂?我真的听不懂你在说些什么?"

她擦干了眼泪,瞪着又黑又大的双眸,静静地坐在那里发呆,好像连呼吸都停止了。然后,她朝我挪了过来。

"是谁带走了你的猫咪呢?"

"艾里小姐。"她轻声地说着。

"我没有听到,你说什么?"

"艾里小姐。"这次她的声音大了一些。

"艾里小姐,谁是艾里小姐?"

"艾里小姐。就是和巴比、杰亚在一起的艾里小姐。"

"艾里小姐?"我难以置信地问道,"就是电视上那个艾里小姐?"

"她有时候会在电视里头,可是有时候她会来我家。"

"艾里小姐?"

洁蒂抬起头来望着我,她一脸痛苦的表情,同时她也知道我不相信她的话。不过这并不会破坏我们之间的信任,我们很快又回到原来的话题。

"这么说是艾里小姐抓走你的小猫咪了?"

她确定地点了点头,眼泪又不听使唤地沿着脸颊滚落下来。

"你说她会去你家?她到你家都做了些什么呢?"

"她来我家,"洁蒂细细的声音里有一丝歉意,"有时她就在我家的电视上,不过大部分时候她都是自己来我家,她来抓我和琥珀,把我们抓去和其他的人在一起。"

"其他的人?还有谁在那里?"

"巴比、苏·艾伦、杰亚有时候也会在,克雷顿,还有一些我不认识的人,我不知道他们的名字。"

我完完全全地迷惑了,不过我还是尽量理出这其中的一些线索,尽量去相信她说的话。洁蒂的真诚剖白让我实在无法怀疑这一切都是她编造出来的。

"那有你之前提到的那个艾温吗?就是'达拉斯'电视节目里的那个艾温?"

她点点头:"还有艾温家的人,可是我不知道他们是从哪里来的。"

我坐在长椅上沉默不语。

"珍妮是不是艾里小姐的猫咪呢?"我终于又开口问。

"不是,反正他们就这样把它抓走。我并不知道珍妮是谁的猫咪。我不认为它有主人,它只不过是只小猫咪而已。"

"可是,是谁在一开始的时候抓到它的呢?它后来又怎么会出现在你家仓库的箱子里呢?"

她耸了耸肩:"反正它就是在那里。"

"也许它是不小心掉进箱子里面去的。猫咪有时候会跑到一些莫名其妙的地方，那是猫咪的习性，尤其是小猫咪更是那个样子。也许根本就没有人把它抓走，它只是到别的地方去了。有没有这种可能呢？"

她双肩垂了下来，摇了摇头。

"我看，艾里小姐不会伤害它，对不对？也许她只是想为猫咪找一个新家吧。"

洁蒂又摇了摇头，再度伤心地哭了起来："不是，不是那个样子的。"

我无言地看着她。

"她会杀了珍妮，艾里小姐会把它吃掉。"

第5章

"变态"行为

> 打开门一看,我吓得心脏差点没跳出来。洁蒂就坐在马桶上,她的衣服拉到了腰部,内裤褪到脚踝的地方。鲁宾就站在她的对面,衣服都被扯了下来,不停地嚎哭着,因为洁蒂正抓着他的阴茎。

在诊所工作多年后重执教鞭,最让我难以适应的是失去了专业的同事。以前在诊所,不论碰到什么问题,我都可以找到很多专业的同事请教讨论,那里真的是人才济济,让我受益匪浅。到了这里,我发现凡事必须自力更生,没有多少人可以请教或讨论,我唯一能够找到的专家就是心理医生亚奇·彼德森。

为了解决洁蒂的问题,我决定要和她经常保持联系。虽说洁蒂现在已经进步很多,她不但会参与班上的各项活动,上课的时候也能开口讲话,有时候还会因为气不过杰罗米的骚扰而和他吵架。但是放学后和我单独相处的那个洁蒂,却完全判若两人,而且总是让我觉得很诡异。我怀疑过洁蒂是不是曾大脑受损伤，但是从她讲话和用字的精确度来看，应该不会有这方面的问题，再者她的情况也不像是自闭症。唯一让我欣慰的是，我确定她的问题是心理上的，而非生理上的，至少我还有个方向可以把握。

我打电话给亚奇，把这个四人班级的情况详细说给她听，并告诉她洁蒂的问题必须要讨论了，因为学期快要结束了，必须着手安排每个孩子下个学年的去处。但是我不知道该如何安排洁蒂，因为我对她的情况非常不确定。

一阵沉默之后，她说："嗯，桃莉，我目前的行程很紧张，如果要等我到贝京市去和你见面，可能得等到明年的秋天才行。所以，你下星期五晚上有没有空？你要不要来找我呢？我们可以在吃晚餐的时候顺便讨论所有的事情，你意下如何？"

我和亚奇如约见面，来到一家很受欢迎的小餐厅。我们到达时，餐厅里面坐满了人，喧闹不已，服务生把我们带到厨房和厕所之间的位子。由于亚奇是这家餐厅的常客，在她的要求下，服务生答应为我们另外找张比较安静的餐桌。点了菜，两人一番客套，我便把话题直接切到洁蒂的事情上来。我告诉她，洁蒂在放学后常来找我，而且把门牢牢地锁起来，似乎这样才会让她感到安全，还有她玩娃娃发脾气的事，最后提到了泰希、艾里小姐以及其他的人。

"我的天呀，我看你在那里真的非常投入，对不对？"

"我先做一个前提性的假设，我不打算在下个学年就让她回到正常班就读。"

"我有同感。只是，你觉得这一切的故事从何而来？"亚奇问。"以前我在治疗她的时候从没听过这类事情。你认为这是什么原因呢？难道这些只是空穴来风？"

"我不知道，这也是最困扰我的地方。老实说，我现在根本不知道该对她的行为抱有什么样的看法。在班上，她是个极其畏缩的孩子，总是驼着背，走起路来蹒跚迟缓，很配合，上课很专心，功课也很好，只是非常不愿意动弹。在衣帽间里她变成一个相当吵闹活泼的孩子，她的动作迅速，不再驼背，喜欢尖叫，随手抓住什么可以支撑的东西便荡起秋千来。我带过那么多的学生，从没有一个像她这么极端的。"

"双重人格吗？"

我皱了皱鼻子：“真的让人无法想象。”

"你觉得她有没有可能患有幻想症？"亚奇问。

"我很不愿意这么想。"我口中虽然这样说，但是心里却难免也会这样想，"其实我最担心的是洁蒂与现实脱节的问题，从她这一段时间的表现，我发现她的情绪问题要比拒语症的问题严重多了。以我们现在的技术，很难事先诊断出儿童是否患有幻想症。我害怕等到我们真的确定她有这方面的问题时，已经为时已晚。"

"可是，你觉得她有没有可能患有幻想症呢？或者这一切只是她编出来的呢？"

"问题是，她干吗要那样做？"我问她，"这些秘密之间到底有什么样的关联？更让我不解的是，除了泰希外，其他的那些人似乎她都非常不喜欢，这又是为什么？"

"她的家中是否曾经有过虐待儿童的记录？"我问。

亚奇警觉地抬头看着我："你是指什么？殴打？你有任何的证据证明吗？"

"我想到性……"

"不可能，从来就没有过这种事情，"亚奇睁着一双大眼睛，不可思议地看着我，"怎么会呢？你是不是在怀疑什么？"

"我也不是很确定，只是……"我顿了一下，"过去，我发现不同的虐待类型和某些病症之间具有关联性，比如性虐待和拒语症之间的联系，因此我必须把虐待的可能性列入考虑范围。在洁蒂的案例中，从她所做的一些事情中也都含有性特征。其实也不是什么大不了的事情，可是我真的有那种感觉。我不晓得你懂不懂我的意思，事情绝对不只是表面上看到的那么单纯。"

亚奇皱了皱眉，然后摇了摇头："没有，我没有听说过这种事情。我只是觉得那对夫妻有点不太般配，尤其是洁蒂的父亲，他总给我一种很奇怪的感觉。我一直觉得，可能是因为他是家中唯一的男性，必须适应和一家子的女性相处的关系吧，所以他在家中显得相当威严。至于洁蒂的母亲，我总觉得她的脑筋好像有问题。不过，就总体上来看，我不觉得他们家会有虐待孩子的事情发生。自从洁蒂3岁开始，我就一直负责治疗她。在我看来，那对夫妻把家中的几个女孩都照顾得很好。这种情况只发生在洁蒂的身上，其他两个小女孩就没有这种问题，只有洁蒂会出现这种奇怪而且极端的行为。"

听完她这番话后，我静静地吃着我的晚餐，不知道该说些什么才好。我对洁蒂的种种行为百思不得其解。我真的不知道要如何将这一切转化成语言，不知道要怎样告诉亚奇，只能默默无语地吃着东西。

距离学期结束只剩下三个星期，我们正紧锣密鼓地安排四个小朋友的暑假事宜，下学期他们仍旧回到我这个班级继续上课。

鲁宾将回到加州过暑假。他的父母亲不但请了一位奶妈陪伴他，而且还让他参加一项自闭症儿童的课程，希望能够继续强化他的行为能力。

菲利浦则利用这个暑假去参加一项残障儿童的露营活动。我非常高兴安排他去参与这样的活动，参与这项活动的成员大都是重度残疾的孩子，每个孩子都有自己的辅导员，这些辅导员大多由当地的大学生来担任。由于菲利浦是个轻度残疾的孩子，以他的积极个性，我相信他在团队中会受到大家的欢迎，这对他会有很大的帮助。

杰罗米就比较棘手。由于他容易陷入一种狂乱的情绪中，我不希望他拥有太多自主的空间，否则只怕会出大乱子。我们共同列了好多的计划，可是这些计划到最后都不了了之。最后我安排他加入当地的一个男孩俱乐部，他也欣然接受。

接下来就是洁蒂。一如我对杰罗米在暑假期间的不放心，我也希望对洁蒂的暑假做最好的安排，可是我实在想不出应该对她做什么样的安排才好。附近学校所开的课程都不适合她，也没有暑假作业可以让她做。想来想去，最后唯一的选择就是安排她参加当地卫理教会举办的手工课程。

"我们又不是卫理教的教徒。"我向洁蒂的父亲提出这项建议时，他这样回答我。

"这个我明白，但是，我已经和教会的牧师谈过，他说他们举办的是一般性的活动，再者由于这项活动是本州这个区域唯一的活动，因此他们很欢迎各种宗教的孩子参加，到时候会有很多小孩子参与这项活动。"

埃科德听了说："我们并不是你们所谓的无神论者，但是我们也不是信徒。我们尽量以开明的态度来教导洁蒂和琥珀，让她们懂得尊重所有的生命，而不是只尊重一个神。我要她们长大后自己去决定自己的信仰。"

"我考虑的重点倒不是宗教的问题，而是如何让孩子度过一个有意义的暑假。这个活动不但可以让洁蒂认识其他的小朋友，也可以让她多多接触大自然。"

"洁蒂在家中也可以和她的妹妹玩得很高兴呀。"埃科德先生说。

这时抱着翡翠沉默地坐在一旁的埃科德太太也插嘴说："洁蒂的年纪还太小，不适合参加那种活动。"

"她已经 8 岁半了。这表示她应该要加入幼年的团体了，而那里刚好有很多和她同年的女孩，这是洁蒂培养人际关系的一个好机会。"

"问题是，她怎么适应得了呢？"埃科德太太的口气显得有些不认同，"她从来就没有做过那样的事情。"

"你的意思是说这会是她第一次单独离开家？"我问她，"难道她以前没有在同学或亲戚家过夜的经验吗？"

"哦，从来没有。我们从不离开这几个女孩的。"

我看了看她。

"她们是'我们'的孩子，"埃科德太太说，"我无法相信陌生人，万一到时候发生了什么事，那该怎么办？万一她们需要妈妈而我又不在她们身边，又该怎么办呢？我们连保姆都没有请过，你又让我怎么相信那些我不认识的人呢？"

我望着她，不敢相信地问："从来没有？"

"从来没有。我们何必那样做呢？我就是搞不懂为什么有人会把孩子交给别人带。如果不想要他们的话，当初又何必生下他们呢？"

我觉得她的话扯远了："可是你从来就没有让你们的孩子跟别人在一起过？你们一刻钟都没有离开过她们？"

"没错，"她非常直接地回答，我同时可以感受到她语气中的那份骄傲,"我凭什么要抛弃她们呢?"

"现在,你总算明白了,对不对?这就是为什么我们不可能把孩子送去参加那个活动的原因。"埃科德先生总结陈词道。

以往每到学期结束的时候,我都会以野餐派对的方式来庆祝,这次当然也不例外。当我向校长提出这个建议的时候,他也觉得非常可行,问题是不知道要选在什么地方比较合适。经过所有老师的讨论,大家一致决定在我们的大操场举行,接下来便是工作分配。我们班负责制作蛋糕,这项工作对我们来说充满挑战,因为这些小朋友几乎没有这方面的经验。更麻烦的是,我们必须做一个大蛋糕,但是我们的烤箱太小,装不下大蛋糕。最后,我们决定做四个比较小的蛋糕,然后再用糖衣把它们组合成一个大的。

在埋头工作的过程中,杰罗米搬出录音机放音乐为我们助兴,菲利浦和鲁宾不停地偷吃蛋糕糖衣。由于我们"试吃"了不少糖衣,到最后覆盖蛋糕时才发现糖衣不够。就在这个时候,杰罗米突发奇想,他把一袋果酱依照颜色加以分类,然后将那些小粒小粒的果酱按彩虹的形状和颜色层层地铺在蛋糕上。这个创意简直就是神来之笔,顿时整个蛋糕变得亮丽夺目起来。连杰罗米自己都不敢相信他竟然能创造出这样的东西来。

他倒退了几步,惊讶地盯着那个蛋糕:"老天,我做得真是漂亮。"他不敢相信地喃喃自语道。

"实在是太美了。"我说。

"我希望我妈妈能够看得到,我希望她知道我做得这么棒。"

"野餐的时候我会带照相机的,"我说,"现在我们是不是应该为这个漂亮的蛋糕拍一张照片留念呢?"

一听到我这样说,三个男生马上兴奋地鼓掌。当我拿出相机时,几个男生都已经在蛋糕的后面摆好各种姿势。

"洁蒂,你也来照啊,"我说,"我们来照一张班上的集体照。"

她站得远远的。

"过来嘛。"

她摇了摇头。

"你过来站在杰罗米的旁边。你也出了很多的力气,所以这也是你的蛋糕呀。"

"不要。"

"不要?"

"我不要照相。"

"来嘛,我们从来都没有照过班上的集体照。我来学校的时候,学校的摄影师已经来过了,所以这个学期我还没有拍过合影。我们现在就拍一张,纪念我们做的这个蛋糕和我们相处的快乐时光。"

"我不要照相。"她又重复了一次。

男孩们已经开始不耐烦了。杰罗米跑到桌子后面把洁蒂拉到蛋糕旁:"你不要这么别扭了好不好,女——生——都——这——样。"

"好了，看这里，笑一个。"我对准焦距按下快门。

三个男生都张着大嘴巴笑得非常开心，只有洁蒂的表情阴云密布。

我停顿了一会儿，想看看洁蒂的心情会不会好转，结果还是没有奏效："洁蒂，来，笑一笑，好不好？"

"反正你也看不到她的脸，她老是那样弯着身体，"杰罗米说，"如果真的要看她笑的话，那可能要等到大操场上野餐的时候了，所以你要记得带照相机去哦。洁蒂能够来这里已经很不容易了，你就不要叫她笑了嘛。"

学期的最后一天终于来临，那是个风和日丽的大晴天，所有的人都玩得不亦乐乎。吃完东西，大家尽情地玩起游戏来。玩着玩着，我发现洁蒂一个人在一旁无聊地摇晃着。

"需要我帮什么忙吗？"看到她从我的身边晃过去的时候，我对她喊道，"马上就可以回家了，等我们把这些东西收拾好，把垃圾清理干净就可以了。"

洁蒂点了点头，走过来帮我收拾垃圾。这时我看到鲁宾涨着一张红脸朝我跑来，他一手抓着裤裆，边跑边对我发出"嘘嘘"的声音。

"好吧，里面，赶快进去。"我把他推进门里面，在一旁的洁蒂正在绑垃圾袋。"洁蒂，你可以把那袋垃圾拿去放在门里面吗？放学后校工伯伯会拿去扔掉。"

洁蒂点了点头，转身拖走那袋垃圾。我继续清理着其他的东西，准备带回教室。当我捧着一堆东西上台阶时，突然传来鲁宾惊恐的哭叫声。我扔掉手中的东西，立刻心急火燎地寻找鲁宾。

"鲁宾？鲁宾？你在哪里？"

通常，孩子们只能使用地下室休息室里的男女生厕所。教室旁边还有一间残疾人士专用的厕所，依照规定孩子们不可以使用，是我让鲁宾进去的，我听到他的哭声从那里传出来。我走过去想推开门，但是推不开，门并没有被反锁，只是挂上了门链推不开。

情急之下，我径直到储藏室找来一把螺丝起子，把门链给撬开。

打开门一看，我吓得心脏差点没跳出来。洁蒂就坐在马桶上，她的衣服拉到了腰部，内裤褪到脚踝的地方。鲁宾就站在她的对面，衣服都被扯了下来，不停地嚎哭着，因为洁蒂正抓着他的阴茎。

"赶快放手！"

门突如其来地被打开，洁蒂吓了一大跳，可是她依旧紧抓着鲁宾的阴茎不放。她脸上的表情不是害羞，而像是面对挑战。

"放手，你听到没有！"这次她不但听到了而且也照着我的话做了。"把衣服穿上，然后到教室去等我。"她默默地照着我的话做。

我竭尽所能地安慰一边抓着阴茎一边不停啜泣的鲁宾。

厕所里面一片狼藉，满地的尿液和卫生纸。

"哦，可怜的鲁宾，"我紧紧抱住他，"这件事一定把你给吓坏了，对不对？"

"嘘——嘘！"他哽咽得说不出话。

一股重重的挫败感涌上心头,我知道我可能永远无法找到事情的真相,此刻我也只能尽力安慰他:"洁蒂是不是趁你上厕所的时候溜进来的?她对你做了些什么?"

"嘘——嘘!"

"是的,我知道你要嘘嘘,但是,洁蒂把你吓坏了,对不对?"

他对我拉了拉他的阴茎。"鲁宾的嘘嘘。"他哭着说道,然后把握着阴茎的手放下来。我看到他的阴茎,又红又肿,而且下面还有明显的齿痕。

我回到教室时洁蒂已经走了,那时候还不到三点半,可是校车已经来了,一堆孩子正挤在车门口争先恐后上车。

我陪着伤心欲绝的鲁宾等他奶妈来接他回家。我向奶妈解释了整个事情的经过,并向她道歉。我把我家的电话号码留给了她,告诉她如果鲁宾的父母想和我讨论这件事情,就请他们打电话给我。一再向她道歉之后,我才满怀歉疚地离开。

所有的孩子都离开后,我回到楼上走进露西的教室,把事情的经过告诉她。

"她……什么?"露西睁大眼睛大声问道。

"我不是都已经跟你讲得一清二楚了吗?"我淡淡地说。

露西皱了皱眉头:"哟——这下子你要怎么办呢?"

"我能怎么办呢?如果她已经走了,那就算了。我也许不必为了这种事情专程去她家登门拜访吧,再说今天又是学期的最后一天,更不是家访的好时机。我是说,在这种情况下我还能做什么?"我沉重地叹了口气,"只是觉得这个学期也未免结束得太不圆满了。"

露西停下手中的工作望着我:"她以前应该没有做过这种事情,对不对?"

"据我所知是没有。"

"那么……"她低头望了望桌子,然后又抬头望着我,"一个小女生还能够从哪里学会这种事情呢?我是说,这实在是变态,桃莉。她自己不可能会想到要做出那种事情来的,不是吗?"

我耸了耸肩:"我不知道。在现代社会中,小孩子可以从很多渠道看到这类事情——比如电视、录像带等等。我想有可能她以前看过这种事情,但是……"

"但是那很变态,"露西把话接了下去,"也许我别的方面所知不多,但是我也知道有时候你会认为我是一个经验丰富的人,也许你是对的。我并不在乎别人怎么谈论那类事情,总之,一个小女孩做出那种事就是一种变态的行为。"

回到自己的教室,我把要收拾的东西放进箱子,然后抱着箱子走到教师停车场。正当我弯腰打开后备厢,把箱子放进去的时候,我看到洁蒂就站在我的车和旁边的车之间。

"你好啊。"我说。

她显然已经回过家了,因为她的衣服和之前穿的不一样。静静地望着她好一会儿,我开口说话:"很高兴你回来了,否则我这个学期将会以不愉快的结局收场。"

她一言不发地注视着我。

"你回来找我,是不是想要和我谈一谈呢?"

她就像幽灵一样站在两辆车中间,微风把她的长发吹得横披在脸上,她伸手拂开脸上的头发,依旧不言不语地站在那儿。

"我想要知道你和鲁宾到底发生了什么事?"我说,"我要你亲口告诉我到底是怎么回事?我想听听你的说法。"

我可以感觉得到她并不想和我回到教室去,因此如果我想要弄清楚这件事情的话,就必须在这里,在这个停车场弄清楚。

"我猜你一定是弄错了,所以才会对鲁宾做出那种事情。我认为你对那种事情一定很不了解。如果说你知道那样对鲁宾会造成什么样的伤害的话,我相信你就不会那样做的。"

洁蒂无言地咬着她的双唇。

"人的身体中有些部位是很私密的,也就是说那些地方是个人所拥有的,没有经过本人的允许,任何人都不可以去碰或做任何事。对男孩子来说,他们的私处就是指他们的阴茎、他们的睾丸,还有他们的屁股。对女孩子来说,私处就是指她们的阴道、她们的屁股,等到她们长大了一些后,还包括她们的胸部。这些地方都是敏感部位,不能像身体的其他部位可以随意触摸,也就是因为这样,所以我们才要保护隐私,只有我们自己有权决定谁可以摸它们。不经允许,谁都没有权利去摸那些部位。"

洁蒂的眼睛睁得大大地看着我,教人猜不出她到底在想些什么。

"你有没有听懂我在说些什么?"我问。

她轻轻地点了点头。

"那就是为什么我不能再让你去摸任何人,就像你今天下午摸鲁宾那样地去摸别人。如果鲁宾不想让你碰他的阴茎,他就有权利跟你说'不',而且期望你真的不要去碰。这同时也是我的工作,我的工作就是要确定你不会去做那种不应该做的事。"

泪水开始从她的眼眶里滑落。

"就像我刚才说的,我猜你一定对这种事情不够了解,才会对鲁宾做出那样的事情。现在我已经跟你说明白了,我们就不用担心那种事情会再发生,对不对?我们就把这件事情给忘了,好不好?"

我伸出手臂想要拥抱她。不过,当我伸出手臂的时候,她却往后退,避开我的拥抱。

"你说过你可以帮助我的。"她喃喃地说道。

"你是指什么呢?"

"你刚来这里的时候。"由于不停地流泪,她的声音变得很沙哑,"你说你认识一些像我这样的小孩子,你说你的工作是帮助他们,让他们变得更好,你说你治好了他们。"

我注视着她。

"那天我真的相信你,就是你来的第一天。那就是为什么我愿意跟你讲话的原因。我觉得你会帮我的,我觉得你可以帮我的。"

第6章

符号和蜘蛛

"诊所的同事朱利说那个符号代表性交,他说圆圈代表阴道,X符号代表穿透的点。"

"你一定要特别注意蜘蛛。……它们正看着你,蜘蛛正在看着你的一举一动,所以你不可以和我说话。……要不然你就会死掉,我是说真的,蜘蛛会要了你的命。如果它们看到我跟你讲这件事,我就得死。"

暑假刚开始的几个星期,我留在贝京市整理我住的公寓。老实说,由于我一到贝京市便马不停蹄地投入工作,根本没有时间整理房间,也因此让我一直感到飘泊不定,觉得自己好像从来就没有在这个地方安定下来,虽然我已经在这里工作6个月了。趁着暑假,我把公寓彻头彻尾地清扫一番后再粉刷,漏水的地方也找人修补好,然后把我的东西按照我喜欢的方式摆放得当,终于我有了家的感觉。

在贝京市我最常探望的人是露西和班,他们经常邀请我和他们共度周末。另外,由于他们在海港有一艘滑水游艇,所以我在这期间学会了滑水。过久了贝京市悠闲的生活,真的会让人越来越懒散,还好我答应诊所所长要利用暑假最后的6个星期去探望他们,同时也要配合他们推动一项训练课程。

我把洁蒂的档案资料随身携带。我班上的四个孩子中,洁蒂的情况最让人困惑和难以把握。虽然我无法全然地帮助鲁宾、菲利浦和杰罗米变得和正常孩子一样,但是我仍可以抓住他们问题的症结,也能够挖掘出导致他们问题的根源。但是对于洁蒂,我总是感到力不从心,我觉得我对她好像一无所知,因此我才会把她的资料带来。诊所中有很多这方面的专家,希望他们可以帮助我,看看能不能解开洁蒂的谜题。另外,我还带了那卷洁蒂发出求救呼声的录像带,以及一些她的功课、手工作品,还有一些和她有关的笔记,上面写着她和我在衣帽间里发生的一些事情。

那卷录像带引起了诊所每个同事的强烈兴趣,连所长罗森道先生都跑过来看。我提到洁蒂画的那个奇怪诡异的钟铃形小人儿;还有她坚称自己是鬼;画有圆圈里的X符号的那张画;当然我也没有忘记提到她在厕所和鲁宾发生的那件事。其中,同事们最感兴趣的两件事情是她上学时驼背、放学后身体直立的现象,以及她在录像带中求救的事。大家的共识是,洁蒂显然知道录像机的用途,他们觉得她真的在请求我救她。

听我说完洁蒂的事后,同事们都提出了自己的意见。虽然如此,我依然觉得沮丧,因为同事们的意见大多以心理精神分析为基础,这些分析有趣且精确,但问题是这些比较偏向理论性的意见,对我实际的工作帮助有限。到了最后我不得不承认,在这里可能找不到我想要的答案。以我在这个领域的经验,我很清楚事情并不像大家所想的那么简单,不过至少我可以把我的问题告诉他们,集思广益也许多少可以有一些收获。

那天晚上回到家后,我把那张"圆圈里的X符号"拿给汉斯看。汉斯是我的前任男友,在诊所的这6个星期我暂时住在他家。

"这是什么东西呀?"他一面摆着餐具一面惊讶地说道。

"我在贝京市的一个学生画的,我把它带来这里,希望诊所的同事能帮我分析它可能隐含的意思。"

"我的天呀,"汉斯喃喃地说着,然后又瞄了一眼那张画,"太诡异了,这个小孩到底哪里不对劲啊?"

"我也不是很清楚。"

"你看这里。"他用手指着那个由一堆红色纸片围成的鲜红圆圈。

"没错,她对符号特别着迷,她曾经画过好多种符号,这是她最喜欢画的。诊所的同事朱利说那个符号代表性交,他说圆圈代表阴道,X符号代表穿透的点。"我顿了顿,转头望着汉斯身边的那张画,"我也不知道他那样的分析到底对不对,因为朱利老是把所有的东西都看成是性器官的象征。不过换一个角度来看,也许他对这个案子的看法是正确的,我已经开始怀疑她是不是遭到了性虐待。"

汉斯再次仔细地看那张画:"我想这张画也许代表着其他意思,而且我可能知道那是什么意思。"

"是什么意思呢?"

"离这里几条街的地方有一家专门卖魔法巫术之类书籍的书店,我在那家书店看见过一些书里有类似的图画。那家书店的气氛非常诡异,水晶球、蜡烛,还有各种奇奇怪怪的东西摆得到处都是,而且在那里工作的女人还是个女巫。"

"你和她交谈过?"我问。

"对啊,为什么不呢?反正好奇嘛。"

"老实说,女巫……"我低声说着,顺便把洁蒂的那张画放回我的一堆资料中,"我真的不知道,她能够有什么样的神奇魔法呢?也许她只是在招摇撞骗罢了。这种事情如果连朱利都解不出来的话,我不知道一个女巫又能看出多少端倪。"

6个星期的时间转眼过去。在这个大城市的最后一晚,朱利和他的妻子请我去看了场电影,然后到市中心一家昂贵的餐厅用餐。

回到贝京市让我有一种清新愉快的感觉,真不懂为什么有人要舍弃贝京市这种纯朴简单的生活。我开始期待开学那天的到来。

第一个到校的是鲁宾。我从教室的窗户看到他母亲把车停在校门口,鲁宾从车里跳了出来,转身抓起他的午餐盒,用力关上门,然后兴奋地朝校门口的人群奔跑。他边跑边喊,对操场上的小朋友完全视而不见。我听到他的脚步声在楼梯间响起来。

"早安,鲁宾!"一见到他冲进教室,我便兴奋地对他喊道。

"早安,桃莉。"他喃喃地回应,一面忙着找他的位子。

"我把你的外套挂在衣帽间了,你可以把午餐盒放在架子上。你还带了什么东西来吗?"

他手上抓着一罐半满的饼干筒,那个罐子很有趣,是一个荷兰女孩的造型,身材玲珑有致。意识到我在看那个罐子,鲁宾把它紧紧抱在怀中,好像怕我抢走它。

"这是你的新朋友吗?"我柔声问他。

"你的新朋友吗?"他接过我的话尾重复了一遍,然后转身走到别的地方,还是紧紧抱着那个罐子不放。

"那是陶瓷做的,陶瓷是玻璃的一种,意思就是说如果你不小心把它掉下去,它就会摔碎。我们最好把它放在你的午餐盒旁边,这样会比较安全,好不好?"

他不理我,依旧抱着那个罐子走到教室中间。

第二个进来的是菲利浦。他迫不及待地冲进教室并朝我面前扑过来,然后跳到我的身上,满脸灿烂的笑容。

"哇哦,菲利浦,见到你真好。你的暑假过得好不好呀?"

他用力地点了点头:"哈——哈!"他兴奋地直往我的脸上吹气。

"喜不喜欢那个露营活动啊?"

他又用力点了点头,然后再次兴奋地往我的脸上吹气:"哈——哈。"

第三个进来的是杰罗米,全身的打扮好像一个小小的士兵。杰罗米不但长高不少,而且也壮了许多。

"嘿,杰罗米,欢迎归队。"

找到自己的位子后,杰罗米闷闷不乐地坐了下来:"天啊,老师,你怎么会觉得我想要回到这个烂地方,还要看你那张臭脸呢?"

接着进来的是我们班上的新学生布鲁斯和他的妈妈。

"哦,来了,布鲁斯来了,"布鲁斯的妈妈愉快地介绍说,"哇,看看这个班级多棒!哦,我们相信你在这里会很快乐,看,那是你的老师,她是一位非常棒的老师!"布鲁斯咧着大嘴巴,笑得合不拢嘴。

我蹲了下来:"你好,布鲁斯。我是桃莉。"

"向桃莉说你好好吗?快,说给妈妈听。跟你的好老师说你好,你看她是不是很棒呢?你看她的头发是不是很漂亮呢?而且你看她还有一双蓝色的眼睛,就和布鲁斯的眼睛一样。我们的布鲁斯很喜欢蓝色的眼睛,对不对?"她耐心地引导着布鲁斯,然后抬头对我温和地微笑,"他就是喜欢金色头发和蓝色眼睛的人。"布鲁斯身穿一套蓝白色海军装,满脸笑容地盯着我看。

"彼德森太太有没有告诉过你布鲁斯的食物必须经过筛选和控制?你有没有去找她谈过呢?布鲁斯无法忍受块状的食物,因为会噎着他。"

"是的,这件事我听说了。"

"为了在一开始的时候比较容易操作，我已经买了一些婴儿食品放在这里，不过我并不希望他一直吃那些东西，他还是需要摄取新鲜的食物。在一切还未走上正轨稳定下来之前，你可以暂时给他吃那些婴儿食品。"她递过来一大包东西，"这是一个星期的量，一天两罐。如果学校有供应优酪乳的话，他也可以吃一些，但是千万不要给他吃块状的东西，他吞不下去。"

说完，她又递过来另一包东西："这是他的尿布。他一天要换四次尿布。还有，他非常容易长疹子，如果尿湿了没有换尿布的话，很快就会长出一堆红疹。去年他在那所学……去年他就长过好几次疹子，这种事情绝对可以事先预防……"

我礼貌地微笑着，接过她手中的那包尿布。

"再见了，小可爱，"她转过身对布鲁斯说，"跟妈妈说再见。"

布鲁斯正忙着上下打量我，没有转头去看他的妈妈。

这时上课铃响了，洁蒂还没有出现。我等了几分钟，还是不见她的踪影。于是我转身去照顾其他几个小朋友。

"这个小孩会不会尿裤子呢？"杰罗米走到布鲁斯身边，"他真的包尿布吗？"然后他好奇地盯着布鲁斯的脸，"嘿，小子，你几岁？你不觉得这么大了还包尿布有点太搞笑了吗？"

我压抑着一股想笑的念头，把布鲁斯带到他的位子上。

"难道他也不会说话吗？这个班级到底是怎么了？为什么我总是班上唯一一个会说话的人呢？唉，真是受不了。"

"因为你是这个班上唯一一个有福气的人呀。"

"我才不是有福气呢。去他的,福气和这个一点关系都没有。人本来就会讲话的,这种事情和福气一点关系都没有。"

收起笑脸后的布鲁斯,呆呆地坐着。然后他开始在桌子上敲起有韵律的节奏来,好像打鼓一样。

"嗨,"我走过去抓住他的手,"你这样子太吵了。"

"他不知道怎么和人相处,"杰罗米严肃地说,"你这样做并不会让我们觉得高兴的。我觉得他在我们这个班上不会有什么好表现的。"

大家各就各位,三个小朋友开始找他们上学期使用的东西。我坐在布鲁斯的身边,看看能不能帮他做些什么。

九点四十五分左右,蒂伯金先生出现在教室门口,他向我招招手要我出去一下。"你到楼下艾莉丝的教室去一下,好吗?"他央求着。

我不解地扬起了眉头。

"你的洁蒂就在楼下,她的妹妹在上幼儿园,但是,呃……我们好像没有办法分开她们两个人。你可不可以下去看看有没有什么办法把她带上来呢?"

我的洁蒂,他说得一点都没错!

进入艾莉丝的教室时,她正高声带领小朋友们唱歌。我不便打扰她,悄悄走到洁蒂的身边:"现在该是你在楼上教室上课的时间。"我直截了当地说。

过了一个暑假,洁蒂并没有多大的改变。

"我相信你已经准备好要和大家一起唱歌了。"我对琥珀说,并伸手去摸她。

一看我的手伸过来，洁蒂本能地跳了起来并把琥珀也拉到远处的角落。悠扬的音乐突然停了下来，教室陷入一片寂静，我甚至可以听到洁蒂急促的呼吸声。

"不，琥珀是属于这里的，这是她的教室，那个是她的老师。"

其他的小朋友都被吓得噤若寒蝉，一声不吭。我趁机牢牢抓住琥珀，一把将她抢了过来，然后把她抱过去交给艾莉丝。洁蒂紧跟在我身后狂躁慌张地乱抓，最后她终于抓到琥珀的一只脚，琥珀尖锐的哭声划破了原本肃静的气氛。

把琥珀交给艾莉丝后，我转身去抓洁蒂，然后将她凌空抱起来，朝着门口走去。奇怪的是，在被我抱了起来之后，洁蒂竟然没有再反抗。

我在走廊上放她下来，对她说："她不会有事的，我知道你很关心她，你是一个好姐姐，但是你不必担心她。艾莉丝老师会把琥珀照顾得很好，现在该是你上楼回到自己教室的时候了，所有的人都到齐了，大家都在等着你。"

我们手牵着手一起上楼，洁蒂的脚步迟缓。当我们经过衣帽间的门口时，她停了下来。

"我以前常常进去那里面？"她说。

"是的。"

还没有走到教室的门口，我已经听到蒂伯金先生气急败坏的声音。又是杰罗米那个小捣蛋，害得校长先生满教室追他要他坐下来。洁蒂也听到了，但是她不为所动，依旧拉着我的手往教室的门口走去。

"你还记得吗？"她的声音轻柔而坚定，"去年？我常常进去那里面？"

我点了点头。

"你总是让我把门锁起来。"

"因为你喜欢把门锁起来。"我答道。

"你还记得我在那里面的样子吗？你还记得那时我都做了些什么吗？"

"你是说当我们锁在衣帽间里的时候？"

她点了点头。

"记得，我当然记得。"

她默默地凝视着我好一会儿："你不怕我，对不对？"

"不怕，"我微笑地说着，"你吓不了我的。"

"我害得你离开了。"

我不解地扬起了眉头："我不懂你的意思。"

"就是在最后一天，我害得你离开了，就像以前我害得其他老师离开一样。可是我没有想到你会回来。"

"你很坚强。"洁蒂低声自语道。

我微微一笑，不知该说些什么。

"我知道你很坚强，"她在跨进教室前说，"我早就知道你会回来。"

　　为了让小朋友们的心思赶快回到功课上,我要花上好长一段时间重新规范他们的行为。不过还是免不了出现一些麻烦,尤其是刚开始的几个星期。

　　布鲁斯的加入打乱了我们原先的默契搭配。原本鲁宾和菲利浦是一组,因为他们两人的水平比较接近,一起做事也能相互配合。而洁蒂和杰罗米的能力也相差不远,所以通常他们两人是一组。现在多了布鲁斯,真让我头痛不已。在我看来,布鲁斯太执着于操纵身边的一些事物,以致忽视了自己的正常发展。

　　结果刚开学的几个星期,布鲁斯为我们这个麻烦不断的班级带来了更大的困扰,因为照顾他实在耗费了我太多的时间。喂他吃东西,替他换尿布,拖着他到不同的地方参加各项活动,因为他对环境不熟且动作又慢,还要时时鼓励他。单单这些事情就足以耗掉我一整天的时间。更糟的是,我还要处理另外几个小朋友隔三岔五的争吵。教室里从来没有一天和平安宁的日子,用来处罚小朋友的"安静角落"时常可以看到他们的踪影。

　　这段时间,我没有机会特别关注洁蒂。放学后她大多留在操场陪琥珀玩,我时常可以从教室的窗户看到她们在操场荡秋千。我在这段时间也非常忙碌,忙着教职员会议、在职训练、个别会议等等,几乎把我所有的时间都占满了。每当我有一点点时间可以利用时，我还得赶紧制订课程计划，进行各种准备工作。不过当时我没有感觉到洁蒂特别想要见我。就像其他的孩子一样，她依照学校的钟声上课下课、上学放学。

夏天已经离我们越来越远。这个地方的秋天很短，有时你还没来得及感觉到，它已经悄然过去。空气中逐渐显露初冬的味道，及至十月初，雪花便开始纷纷飘落。

那是一个天色灰暗的下午，我独自坐在教室里准备第二天上课的资料。我听到走廊传来一阵声音，抬头一看，洁蒂就站在窗户外面望着我。

我向她挥了挥手，但是她没有反应，于是我起身走到门口："你要不要进来？"

她身上那件厚重的大毛线衣有如布袋一般罩在身上，露出小小的脑袋。

"你要进来吗？"我又问了一次。

她轻轻地点了点头，跨进教室。

"我正在准备明天上课要用的东西。"说完我便回到座位上。

她开始脱掉身上的衣服，慢慢地，一件一件地脱，脱下来后便整齐地放在她旁边的椅子上。脱到里面那件内衣时，她停了下来，然后，站在那儿不动。时间一分一秒地过去，她依旧站在那儿不动。

"你要不要坐下来呢？"我问她。

她拉出我对面的一张椅子缓缓地坐下来，还是一言不发。

"最近一切都还好吧。"我尽量以平常聊天的语气问她。

她保持沉默。

"你最近一切都还好吗？琥珀呢？琥珀喜欢上学吗？"

依然没有动静。

"还有翡翠呢？她有没有长大一些呢？她现在几岁了？会走路了吗？"

听不到她的回答，我抬起头来看了她一眼，发现她把自己蜷缩在那张椅子上，脸贴着桌面，沉默紧紧笼罩着我们。

"你知道吗？那把钥匙还在我这里。如果你想进衣帽间，我们可以把门锁起来。"我提议。

虽然她没有抬头，但是我注意到她的肩膀已经放松了不少。

"我们进去吧，这里好冷。再说有些事情我忘了做，也得进去把它们完成才行。"

虽然我们进入了衣帽间，也把两道门都锁上了，但是洁蒂还是坐在长椅上一声不吭。她的腰弯得很低很低，手紧压着肚子，好像胃痛时抓着肚子的模样。

又过了好几分钟，洁蒂仍然弯着腰不说话。然后，她慢慢地伸出手盖住她的脸，最后转过头环顾房间。

"觉得要开口说话很难吗？"我轻声地问她。

"没有关系，我不会在意。"

房间里又陷入一阵安静。

"那个男人会来吗？"她终于开口说话。

她抬起头望着我："那个专门杀蜘蛛的男人，去年你告诉过我的那个男人。"

"你是说那个消毒的人？消毒公司派来的那个人？"

她点了点头。

"蒂伯金先生一年请他们来消毒两次，所以，是的，我想他才来过没多久，也许就在开学前来消过毒了。"

又是一阵沉默。

"你非常不喜欢蜘蛛，对不对？"我说。

"我恨蜘蛛！"

"为什么呢？"

"它们到处都是。它们老是悄悄地偷看你在做些什么事，"这时一股倦容掠过洁蒂的脸庞，她把头轻轻靠在膝盖上，然后闭上眼睛休息。一会儿，她睁开眼睛问我："你会怎么对付蜘蛛？你会杀了它们吗？"

"通常我不会杀它们。我不怕蜘蛛，只要不在我的视线内结网，我就不理它们。"

"可是它们会看到你的一举一动啊。"

"我很确定它们不会对我做的事情有兴趣，"我回答她。

我停顿一下说："好像你很害怕它们看着你。"

她缓缓地点了点头。

"你为什么会那样想呢？"

她没有回答。

我回头看了看桌上的那些纸张。这时洁蒂慢慢地坐直，双手交叉放在腿上，注视着双手。"我要问你一件事。"她轻轻地说。

"你要问什么呢？"

迟疑了好一会儿，她终于抬起头来："你相信我吗？"

"你是指什么事？"

"就像以前我告诉过你的那些事情，你相信我吗？"

"我尽可能地相信。你害怕我不相信你吗？"

她对着手皱了皱眉头："有时候当事情听起来不像真的的时候，别人就会不相信你。就算是真的，别人也会觉得那是你编出来的。"

"你担心我也会这个样子吗？"

她微微地点了点头。

我笑了笑说："如果我一直努力地去相信你呢？如果我答应你一定会认真听你说话，如果你告诉我实情，我一定会尽我所能相信你。"

她低下头撅了撅嘴："我要告诉你的是，你一定要特别注意蜘蛛。"

"好，我会注意。"

"它们正看着你，蜘蛛正在看着你的一举一动，所以你不可以和我说话。除非没有蜘蛛的时候你才可以和我说话。"

"哦。"

"要不然你就会死掉。我是说真的，蜘蛛会要了你的命。如果它们看到我跟你讲这件事，我就得死。"

第 7 章

疑似性虐待

> 被我这么一叫,她吓得把手中的小狗丢在地上,站在杰罗米的身边,吓得直打哆嗦。"你看到她准备要做什么了吗,女士?她打算把嘴巴放到那只狗尿尿的地方。"

十月份的第一个星期刚过,万圣节便接踵而至。与其说这是一个全国性的节日,不如说它是属于小孩子们的节日。孩子们根本无心上课,每个人都在想着要穿什么样的衣服,要把自己打扮得如何可怕,好到时候出来吓人。四个小男生都兴奋地描述着自己的衣服如何如何,以及到时候要装上吸血鬼的长牙,还要在脸上画出一条条可怕的血痕。

兴奋的气氛中,只有洁蒂显得异常安静。我问洁蒂:"那你呢,你打算穿什么衣服?"

她耸耸肩:"我没有衣服穿。"

"没有衣服穿?"杰罗米惊讶地大叫。

"嘘——"我把他推回他的座位上,"反正我们还有很多时间可以准备。"

"你不需要再准备了,"洁蒂说,"我去年也没有衣服穿。"

"可是,难道你连一件都没有吗?"杰罗米不敢相信地问道。

"我不需要。"

第一次,我看到杰罗米惊讶得哑口无言。我明白万圣节对每个小孩子的意义都很重大,因此我希望班上的小朋友都能够积极参加。

"好吧,那你怎么参加化装游行呢?"杰罗米问,"到时候我们要一间教室一间教室地游行,你没有衣服穿,那该怎么办才好呢?"

"我不参加游行。"

"可是,要是你参加游行的话,你就可以得到奖品。"

"我不要奖品。"

"如果你什么都不要,那你来学校干什么?你为什么不干脆留在家里好了?"

洁蒂抬起头来,歪着头瞪着坐在对面的杰罗米:"我来这里的目的和你一样,如果你不读书,就会被那些坏警察抓到警察局去。我来这里是因为我必须来这里,可是这里谁也不能叫我做我不想做的蠢事。"

"哟,"杰罗米坐到椅子上,"这位女士,你听到她说的话了吗?你最好看紧她一点,否则等她发作起来你的工作就没法做了。她赶跑了所有的老师!害得那些老师都赚不到钱。"然后他盯着洁蒂好一会儿:"你可能会恨我这样说你,可是我觉得他们把你放在这个班级是对的,不让你到正常班是对的,因为你的心是不对的。"

学校的围墙外面有一只非常漂亮的金毛母狗,我班上这几个小朋友老是喜欢翻墙过去和那只狗玩。那只母狗最近生了一窝漂亮可爱的小狗,这让孩子们更频繁地翻墙去找它们。不过,不知道狗妈妈什么时候把一群小狗带到校园里面来了。

那天午休过后,我并没有特别留意孩子们,我知道他们都和隔壁班的小朋友们在操场上玩球。没多久,我便听到杰罗米兴奋的声音,接着又听到洁蒂的声音。

"你看,那就是它的那个东西。"洁蒂兴奋地说。

"这只狗有男生尿尿的地方,"杰罗米回答说,"其他那些小狗,它们有女生尿尿的地方,可是这只是男生,所以我才会最喜欢它。"

"我知道那个地方叫作什么。"洁蒂说。

"我也知道。"

"那你说它叫什么?"洁蒂问道。

"叫作阴茎!"杰罗米煞有其事地说。

"我知道一个更棒的名字,老二。"洁蒂说。

"我的表弟叫它小鸡鸡。"杰罗米又接着说。

"小鸡鸡,没错,这个我也知道,还可以叫丁丁。"

"只有女生才会用那种字眼,"杰罗米语带讽刺地回答,"而且听起来很蠢。"

"你还知道别的吗？"见到杰罗米没有立即回答，洁蒂接着说，"我还知道'小棍子'。"

"还有'小锥子'。"

"'小虫虫'，因为它看起来就像一条小虫。"洁蒂说。

"还有没有其他的？"杰罗米说，"你还知不知道其他的？"

洁蒂没有立刻回答这个问题。正当我打算起身到楼下把那些小狗放到外面去时，我听到杰罗米兴奋地说，"你看，我们可以把它当作是一头母牛，我来挤牛奶，拉！拉！看到没有，就把它当成是母牛垂下来的乳头。"

"拉它的小鸡鸡，你就可以挤牛奶了。"洁蒂说。

"母牛尿尿的地方挤不出牛奶，你真是个笨蛋，它必须真的是母的才有牛奶可以挤。"

"你才笨呢。我知道有一种方法可以从尿尿的地方挤出牛奶的，我的意思是说从小鸡鸡那里可以挤出牛奶的。"洁蒂的语气夸张但确定。

"你没有办法。"杰罗米反击道。

"你也可以啊，可是你不可以像挤牛奶那样挤，你要用吸的，就像这个样子。"

"洁蒂！"我匆忙走到楼梯上，不敢相信我听到的这一切。

被我这么一叫，她吓得把手中的小狗丢在地上，站在杰罗米的身边，吓得直打哆嗦。"你看到她准备要做什么了吗，女士？她打算把嘴巴放到那只狗尿尿的地方。"

"现在离下课还有一段时间，杰罗米。如果你的动作快一点的话，你还可以去和其他的小朋友踢球。"

"可是——"他依旧一脸惊恐的表情。

我不容置疑地看着他："可是现在你必须离开。"

见我如此坚定，杰罗米便飞也似的逃走了。

洁蒂也想跟在杰罗米的后面逃走，但是被我一把抓回来："我们要好好谈谈。"

送走小狗后，我把洁蒂带到教室里。

"去年，你把鲁宾的小鸡鸡放到你的嘴里，我就向你解释过那是鲁宾私密的地方，我们不可以也没有权利那样做。那次，我想你那样的行为是无心的，因为小男生小女生时常会讨论这种事情。现在，我担心事情没有我想象的那么单纯。"

"我只是觉得好玩而已。"洁蒂低着头喃喃地说着。

"我没有生气，也不会生气，所以你不必害怕。我只是担心你，洁蒂。一般说来，如果小女孩做了你刚才做的事情，那表示她们曾经亲眼见过那种事。有时候则是大人让小朋友看那些东西，或是对小朋友做那种事情，所以小朋友们才会知道。"

洁蒂疲惫地叹了口气。

"那不是你的错，洁蒂，我没有生气。但是，如果有人强迫你去碰他们的私处，或者是像你刚才那样碰你的私处，你一定要告诉我，这是很重要的事情。如果你不愿告诉我，你就得去找一个你能够信任的大人，把这种事情告诉他。"

洁蒂忐忑不安地在我面前动来动去。

"假如那种事一直在发生，那么，很有可能他们叫你不可以把事情告诉别人，"我说，"很有可能他们会威胁你说，若你把事情告诉别人，就会有大麻烦；再不然他们就会说发生那种事情都是你的错；也有可能你说出来后，没有人会相信你；或者你说出来后，你的父母亲会被警察抓走，所以你不敢说。当一个大人做了这种错事的时候，他们通常会这样告诉你，因为他们要你保持安静，不要把事情说出去。因为他们清楚自己做的事情是不对的，所以不要你告诉别人，而且他们不会让任何人来帮助你。可是，如果有人碰你的私处或是强迫你去摸他们的私处，那你就需要别人帮助。你只是一个小女孩，而那些都是大人才能做的事，你需要大人来帮助你，为你解释这种事情。"

"可是，我什么事都没有做啊。"她说，"我只是没事到处晃晃而已。我没有做什么啊。我只是觉得好玩而已啊。"

我感到十分沮丧，不知该说些什么才好。

洁蒂耸了耸肩，神情中有不耐烦，好像没什么大不了。"对不起，"她喃喃地说，"我不会再那样做了。"

"那并不是重点，洁蒂，重点是我要帮助你。"

她低头看着地面沉默不语,好一会儿后,觉得我不会再说话,她抬起头来:"现在我可以走了吗?"

我的心情颇为不悦,注视着她,我希望她能跟我说些什么。

"求求你!我就要错过我的游戏时间了。我说过对不起了,我可以走了吗?"

最后,我无奈地对她挥了挥手:"好,你走吧。"

星期四下午,亚奇·彼德森出其不意地跑到我的教室来看我。

"事情进行得怎么样呀?"她不怀好意地笑着,然后在我的对面坐下来。

我翻了翻白眼:"你可真的是帮我的忙,把布鲁斯这样一个难缠的孩子介绍到我的班上来。"

她露出一口白牙:"我早就说过要送给你一个大奖的。"

"好了,不说这些了。我要和你讨论洁蒂的问题。"

"那要不要再去餐厅吃饭呀?"她还是一脸嬉笑的表情。

"我希望你能够拨出一些时间给我,我必须和你谈谈。我是指认真、严肃、私下地谈谈。"

亚奇正襟危坐起来:"为什么?到底是怎么回事?"

"我觉得洁蒂可能遭受到性虐待。"

"真的?她有说过些什么吗?"

"她倒是没有说过什么,没有,不过,拼拼凑凑后大概也可以有些结论。这个女孩在某些方面很奇怪。"

"这一切和上学期发生在她和鲁宾之间的那件事情有关吗？"

"虽然我对整件事情还不是十分清楚，不过我大体上能确定她应该受过性虐待。不论我们愿不愿意那样想，但是精神上受到困扰的孩子，在他们那个世界中是很有创造力的。"然后我把前几天有关她和小狗的那件事告诉了亚奇。

亚奇厌恶地皱起了眉头。

"她说到一些从阴茎里面吸出牛奶的事情，她那时手上抓的是阴茎而不是牛的奶头，再笨的小孩也不可能分不清楚这两样东西。8岁的孩子照理说不可能知道性交的事情，更不可能知道这么多的花样。"

亚奇沉思了好一会儿："其实这种现象有很多理由可以解释。有可能她的父亲在书架上摆了一大堆黄色书刊；也有可能她在深夜看了不应当看的电视频道。现代的孩子已经不再像我们小的时候那样纯真了，现代的孩子在这方面，信息的接收渠道实在是太多了。"

"这我不否认，但是，看和做之间有很大的差别。想想看，那时候连杰罗米都被她的举动吓到。他们接收信息很方便，但是也不应有这么大的差距。洁蒂的情况很明显，她知道的不只是知道怎样做而已，她根本就是想要身体力行。"

亚奇陷入沉思。

"我知道在这件事情上我使不上什么力，除非她愿意把事情讲出来，我才有足够的力量去把事情挖掘出来。我太清楚'引导问题'以及'诱导信息'的危险性了。到时候如果真的有人上法庭，我最担心的是这个孩子将如何去面对这一切。"

"没错，"亚奇说，"我现在可以预见到那种情景。我会把这件事记录到她的档案里，同时我也会看她过去的档案，看看是否曾提过这方面的事情，这样或许多多少少可以帮上你一点忙。另外，我觉得你要继续追踪这件事，如果她遭受虐待属实，我们就必须要掌握证据。如果能够让她自己讲出来当然最好不过了。"

"好的。"我回答道。

接下来那个星期的一个下午，我们各自忙着自己的工作。鲁宾、洁蒂和杰罗米埋头做他们的功课；菲利浦则从杂志上剪下好多图片，努力在白纸上拼拼贴贴；我则教布鲁斯分辨颜色，教室里面一片安静详和的气氛。然而，杰罗米开始用手指在桌上敲打，弄出烦人的声音。

"杰罗米，请你赶快做完你的功课。"我说。

他停了一下，确定没有什么事情后，又敲了起来，还对着坐在他对面的菲利浦促狭地轻唱着："我就要来抓你了，我就要来抓你了。"

"杰罗米！"我的语气相当地坚定。

他把手缩回去，假装认真地写作业。

没一会儿他又不安分起来。他把纸摆在一边，弯起手指在桌上不停地蠕动,口中喃喃地念着:"这是一只大蜘蛛哦。"沿着纸的边缘缓缓爬向菲利浦,"这是一只又大又毛绒绒的蜘蛛,它就要来抓你了。"

在一旁的洁蒂睁着惊恐的大眼睛看着杰罗米不停蠕动的手指。一见此状,我赶紧冲过去抓起那张纸打了一下他的手指。"蠢孩子,"我对着杰罗米说,"别再装了,你装得根本就不像。"

我这个动作并没有阻止杰罗米的好玩心态,他改走桌子的边缘,缓缓地把手指爬向菲利浦:"我就要来抓你了!"走着走着,他突然扑到桌子上面,那只假扮蜘蛛的手指飞到菲利浦的喉咙上。

"杰罗米!我可不是跟你闹着玩的,现在就给我坐好,这是给你的最后警告。"

杰罗米翻了翻白眼,坐回他的座位:"也许因为我是印第安人,所以你才会对我这么凶,要是换了白人小孩的话,你就不会这样生气了。"

"不管是什么肤色的小孩,只要你们不守规矩,我就会生气。你不用担心你的肤色问题,这和你的肤色没有关系,而是你的行为不对。"

"哇,你们听听这位女士在说些什么,"他喃喃自语地说着,"竟然教我们不要担心肤色问题。"

安静了三四分钟后,杰罗米又按捺不住地玩起蜘蛛的游戏来,动作也越来越夸张,好像那只蜘蛛有着无穷的力量,他必须用另一只手才有办法控制它似的。和蜘蛛一阵扭打后,他终于把蜘蛛制服在地板上。

"我已经尽最大的努力了,"他低着头不敢看我,然后乖乖地回到座位上,"可是,这些手指,它们好像有了生命一样。"就在这时,他的手指又蠕动起来,从自己的手臂跳到洁蒂的肩膀上。

洁蒂尖叫着从座位上跳了起来:"把它们弄走,赶快把它们弄走!"她哭喊尖叫着,"叫他赶快住手!"我还来不及反应,她已经逃命似的飞奔着穿过教室,冲进衣帽间,把门重重地摔上。我跟在后面追,但是,等我来到衣帽间门口,就听到她锁门的声音。

"洁蒂,洁蒂?让我进去。"

没有回答。

"请你让我进去,好不好?"

还是没有声音。

最后我转身回到我的桌子旁,几个男孩都睁大眼睛看着这一幕。

"她为什么会那样?"杰罗米问。

"你觉得是为什么呢?"我生气地反问他。

他盯着衣帽间的门好一会儿,然后摇摇头:"我知道,也许你不喜欢我这样说,但是我还是得说,我觉得你真的不是反应迅速的老师。你应该控制这里的一切状况,这样他们才不会觉得这个班有一个'疯子'。现在可好了,她跑了,还把自己锁在里面。"

"她只是需要自己一个人安静一下罢了。"

杰罗米皱了皱眉头，又挠了挠头："去年，虽然她不会说话，但是她好像也没有出过什么问题或是做过什么错事。现在她会说话了，我却发现她是一个疯子。我实在很不想这样说，但是我觉得这有可能是你的错。"

整个下午，洁蒂一直躲在衣帽间里，要不是里面偶尔传出一些声响，没有人会感觉到她的存在。终于，放学的钟声响了。

"现在我们到底要怎么办呢，女士？"杰罗米又发难地说道，"我们的外套都在里面，可是根本不能进去拿。"

我站了起来，走到衣帽间的门口："洁蒂？该开门了，放学钟声已经响了，男孩们要进去拿他们的东西，要不然他们就回不了家了。"

她没有把门打开。

"要不要把门撞开呢，女士？"杰罗米提议道。

"把门打开，洁蒂。校车已经来了，男孩们要拿他们的东西。"

突如其来的变化让凡事按一定程序进行的鲁宾一下子无法适应，他哭了起来。

"啊呀——"杰罗米摆出一副练功夫的架式，"我现在就把门给轰掉！"

"不行，你不可以这么做，现在请你冷静一点。"我抓着他的肩膀，然后转身对着衣帽间的门叫："洁蒂！"

依旧没有传出任何声音。

"如果有必要，我会去找校工拿钥匙来打开这道门。"我以老师的严肃口吻说。

"否则，现在就请你赶快把门打开。我觉得你还是自己把门打开比较好。"

终于，里面传来一阵轻轻的开锁声，门被拉了开来。洁蒂就站在门口，一双眼睛哭得又红又肿。

"杰罗米，你去看看露西老师和她的学生是不是还在走廊上，问问她是否可以带你们几个男生去坐校车。"说完我便跨进衣帽间拿出孩子们的东西。

把小朋友们送到走廊上交给露西之后，我便转身回到衣帽间里。洁蒂依然站在那儿没动，在她的身后是那张长椅子，椅子上的娃娃一个个摆得非常整齐，那些娃娃是洁蒂从箱子里拿出来的。

"看看这些娃娃，就好像是一个家庭。"我说，然后走了过去，"这个是爸爸，这个是妈妈，其他这些刚好是他们的孩子。"

洁蒂还是一动也不动站在那儿。

我在娃娃的旁边坐了下来："这个娃娃做什么好呢？"我拿起一个有一头黑色长发的娃娃，那是洁蒂最喜欢的一个，"我不知道她心里在想什么。"

洁蒂还是动也不动。

我缓缓地梳着那个娃娃的头发："我们要不要来玩假扮娃娃的游戏呢？这个是你的，你就假扮成她，然后你告诉我你的娃娃心中在想些什么，好吗？"我把娃娃递给了她。

洁蒂转身躲开迎面而来的娃娃。

我收回了手,跪在她旁边:"哦,我觉得很不快乐,"我好像在演舞台剧一样把声音拉得高高的,"我内心的感觉实在很糟糕,我感到又害怕又不幸。"

"哦,甜心。"这次我用的是自己的原声,"你怎么了?"

"我很害怕,我好害怕,好害怕。"这次是娃娃的声音。

"哦?到底发生了什么事呢?你可不可以告诉我呢?"

"很可怕的事情发生在我身上,可是我不知道该怎么阻止。"娃娃哭着说。

"真可怜,"我同情地说,"哦,真是可怜。看到你这么不快乐我也很难过。过来让我抱抱你,让我想想办法来帮帮你。"

洁蒂朝我身边靠过来,专心地看着娃娃。

"我好害怕!好害怕!"娃娃悲凄地哭着,"我实在不知道要怎么告诉你,我害怕你会不明白,我觉得你不会相信我的话,我好害怕你会说那一切都是我的错,是我自找的,是我活该。"

"哦,甜心,"我说,然后转头看着洁蒂,"她是这么的不快乐,我们该怎么安慰她呢?过来,你能不能想一些话来安慰她,让她不要再那么难过呢?"

洁蒂凝视着那个娃娃,她犹豫着,脸上的表情复杂。然后,她小心翼翼地又往前靠近一步,怯怯地伸出一只手。"不要害怕。"她抚摸着娃娃的头发喃喃地说。

"我不懂为什么她会这么害怕。"我说。

"今天是她的生日。"

"哦——"虽然我不明白为什么洁蒂会对生日感到害怕,但是我用一种明智而有默契的声音说,"哦,可怜的甜心,"我对娃娃说,"你非常非常地害怕,对不对?不用怕,我会把你抱得很紧的。"我把娃娃紧紧贴在我的身上,"说出来是件好事,因为那样我才能够明白。我会把你抱得很紧的,那样你就可以告诉我你到底在害怕什么,那样我就可以帮你了。"

洁蒂的眼泪沿着脸颊流了下来。

"过来,甜心,"我边说边把我的双臂迎向她,"你是不是也可以告诉我呢?"

"我不能。"

"你可以的。"

"我不能,你不会了解的。"

"你可以的,我也会了解的。"

"我不能讲,而且你也不能了解的。"

"给我一个机会好吗?"我对她温柔地笑着,"就在这里,这里又安全又温暖,而且我会一直抱着你的。"

"我就是不能,"她纵情地哭了起来,"你就是不会了解的。"说完便挣脱我的手臂,转身跑向门边,打开门冲了出去,我来不及抓住她。留在衣帽间里的我只听到走廊上传来一阵急促的跑步声,那是洁蒂离开的声音。

学校的上课时间是从早上八点四十五分开始，而我通常会在八点到达学校，以便能够确认前一天的准备工作有没有到位。然后我会从教师休息室中端一杯咖啡到我的教室，有时也会跑到露西的教室找她聊天。

这天早上我正打算先把咖啡端到我的教室，然后再过去找露西。但是当我走进教室时，发现洁蒂已经坐在她的位子上了。

"你是怎么进来的？"

洁蒂没有回答，只径自地脱掉她的外套。

"如果蒂伯金先生知道的话，他一定会很生气的。对于你放学后留在学校的事情他已经很容忍了，你最好不要太逼他。他一向都是严格要求学生们一定要等到早晨钟响后才可以进校门的。"

"我的妹妹就要过生日了。"洁蒂抬头望着我说，她的眼睛很漂亮，额头上堆起了几条皱纹，一脸忧郁的神情。

"我的妹妹就要过生日？"我疑惑地跟着她重复说了一遍。

洁蒂睁着一对又黑又大的眼睛，不停地在我脸上搜索。我知道她一定以为我了解她的意思，我心中有一股难以言喻的无助感，因为我真的不知道她的话指的是什么。

"哪一个妹妹？"我低声地问道。

"琥珀。"

"哦。"

"她 6 岁的生日就快要到了，"她的声音轻柔得几乎让人听不见，"这个月的 27 号就是她的生日。"

"这件事情让你担心害怕吗？"

她低下头，垂下双肩。很明显地，这件事情的确让她感到担心害怕。

我拉出她对面的一张椅子坐了下来："你可不可以多告诉我一些呢？"

她没有回答。

我伸出手去摸了摸她："甜心，我真的很想帮助你。我可以看得出来你最近这段时间的心情一直都不是很好。我知道你并不快乐，我知道你需要帮助，可是你必须对我说出一切，否则我不知道该怎么做才能够帮助你。"

"琥珀可能会死掉。"

"为什么你会这样想呢？"

"我刚刚告诉过你的，她 6 岁的生日就快要到了。"

我迷惑地看着她。

"我不要她死掉。"

"老实说，甜心，人不会因为他们快要满 6 岁就会死掉的。"

"泰希就是那样死的，琥珀也有可能会那样的，就像泰希那样，也许她们都一样。我觉得这次轮到琥珀了。"

"泰希死了？"

洁蒂的眉头质疑般地皱了起来："你知道的，我早就告诉过你了。"

"甜心，有时候我会被你搞得一团混乱。这并不是因为我没有仔细听你说话，也不是因为我不相信你说的话。我绝对没有那个意思，我只是……"

洁蒂的椅子正慢慢地往后移动。我知道这个动作，这是她准备要溜走的预备动作。"哦，拜托，"我心中不停地祈祷着，"拜托让我知道接下来我要说些什么。"

"泰希是什么时候死的？"我轻声地问，"她是怎么死的？"

洁蒂疲惫地望着我。然后，她环视了房间，侧身到我的耳边，悄悄地说："艾里小姐拿了一把刀，很利的那一种刀，然后朝泰希的喉咙割下去。"

洁蒂顿了顿，咽了下口水，靠近我说："她一割下去，血就喷出来，好像是水管喷出来的水柱一样。它不是流出来的，不像我们不小心割到自己那样的流血，不是那样的，而像是水管喷出来的水那样，是喷出来的。然后，艾里小姐会用杯子把喷出来的血装起来。"

我用手捂着自己的嘴，惊讶得连自己的声音都变了样："艾里小姐杀了泰希？艾里小姐？电视上那个艾里小姐？"

洁蒂仰起头，双眼直视着我："没错。"她的声音中有某种解脱："你知道这种事吗？知道吗？在你的电视上也看得到吗？"

第 8 章

金发娃娃

"那个娃娃看起来就像你一样,金色的头发。"埃科德太太说,"洁蒂一定会非常喜欢的。这样一来她就不会总是那么想念你了,洁蒂对那些长得和人很像的娃娃总是爱不释手。"

星期三的下午,我给小朋友们一小时自由活动时间,他们爱做什么就做什么。几个男生很快投入到他们喜欢的活动中,只有洁蒂显得无所事事。她一会儿离开座位在教室里晃来晃去,一会儿回到座位上,一会儿又站起来东摸西摸的。

她来到放置绘画用具的架子旁边。突然,她像想到了什么似的,又倒退了回来,望着画具好一会儿,又伸出手指摸了摸它们。

"如果我想画画的话,你会不会介意呢?"她伸手取下一盒画具。

"我当然不会介意,大张的画纸就放在柜子的最上面。"我继续埋首工作。

她把需要的画具都搬了下来,然后站在画纸的前面。过了好一会儿,我抬起头来看了她一眼,发现她仍然怔怔地对着一张空白的画纸。

几分钟后,洁蒂抓起一支画笔来到我面前:"我可不可以把东西拿到衣帽间里面去呢?"她轻声地央求着。

"全部都拿进去吗?画架和所有的东西吗?"

她点了点头。

"我想应该可以吧。但是,你可不可以不要锁上门呢?"

她点了点头。

"那我可以锁上另外的那个门吗?我指的不是这边的门,是靠走廊的那个,可以吗?"

我点了点头。

洁蒂先把画架拖进衣帽间里,然后出来把其他的画具全都搬了进去。

当我打开衣帽间的门进去拿笔时,洁蒂刚好要落下第一笔。她被我的开门声吓了一跳,原本挺直的身体立刻弯了回去。

"没有关系的,只有我一个人。"我从桌上拿起我的笔。

"出去的时候请你把门关上,好吗?"她央求着,"还有,请大家进来之前先敲门,好吗?"

我让洁蒂独自在衣帽间里待了二十几分钟。很显然,她在那段时间里深深地陶醉在绘画中,好几次出来补充需要的画材。

最后，由于时间有限，我不得不进去提醒她注意时间。整个衣帽间被她搞得一塌糊涂，到处都是画画的用具。

"我可以看看你画的东西吗？"

她点了点头。

于是我靠近她身后。

她画了一只巨大的猫，几乎占满了整个画面。那只猫有一身黑色条纹的皮毛，头特别大，一双眼睛瞪得让人毛骨悚然，还竖着两只尖椭圆形的耳朵。令人不解的是，猫头上有一半以上是用鲜红的颜色画的，它张着一口大牙，一脸的狰狞。那张画真的是栩栩如生。

"这是珍妮，"洁蒂说，"你还记得吗？曾经有一段时间它是我的猫咪。"

"你把它画得很漂亮，我真的非常喜欢这张画。"

"它看起来像是一只老虎，对不对？"洁蒂说。

"是的。"

然后洁蒂拿起一大罐橙色的水彩，出其不意地开始在整张纸上画起沉重的栅栏。

我掩饰不住内心的惊讶，问她："你为什么要那样做呢？"

"放任它很不安全。老虎是很危险的动物，它可能会跑出来吃任何一个人的。"

让我感到诧异的是，那个栅栏看起来比那只猫还要可怕。我心中充满疑问，这代表什么意思？有没有可能那只猫象征围绕在她身边的可怕世界呢？而栅栏那突如其来的一笔，是不是代表着一种对安全的渴望呢？或者那只猫代表的是洁蒂本人内心世界的强烈感受，而她想要利用那些栅栏把内心的感受牢牢地关起来？

"你一开始的时候就打算要画那些栅栏吗？"我问。

而洁蒂突如其来的泪水突然夺眶而出，"它毁了。"洁蒂悲切地哭着，同时伸手抓起画架上的那张画，把它撕成碎片。

"嗨，哦，不要这个样子。你的画没有毁掉，它还是很好的呀。"我抓住了她的手不让她继续撕。

"毁了。我没有想要撕掉它，我只想要那只老虎，现在它全都毁了。"

"没有，它没有毁掉，老虎还是好好的，好好地待在栅栏里面，我们可以把那些栅栏弄掉。"我伸出手指，把那些橙色的栅栏擦掉一些，"我们得要等它干才行。现在它还是湿的，如果我们现在就开始修改，会把整张纸弄糊掉。等它干了以后，我再教你怎么做。到时候我们可以把别的颜色涂在橙色上面，那样就可以把栅栏去掉了。"

洁蒂的情绪终于稍稍平静了一些。

"如果你想要一只老虎，可以再画一只。是我们控制这一切，不是老虎在控制。"

"那并不是一只老虎，真的，"她喃喃地低语着，"它是珍妮。"

我把她轻轻地抱在怀里。

"它是珍妮的鬼魂，它是一只老虎的鬼魂。它活着的时候，外表像一只猫咪，但是实际上是一只老虎。好多人都不知道，可是我知道。我可以在它身上看出它的个性，我知道它很强壮。所以，当它死了变成鬼魂以后，就是老虎的鬼魂。"

"我明白了。"

洁蒂仍然依偎在我的怀里："那才是真正的珍妮。因为，你看，你的肉体并不能算数，你的肉体是会死掉的。不论你的身体怎么样，到了最后都会只剩下骨头而已，但是你的灵魂会继续活着。只有当你变成鬼的时候，你才会是真正的你。"

星期四一大早，菲利浦兴高采烈地来到教室里。他的生母已经搬到了芝加哥，送给了他一个小小的塑胶饰品，那里面装满了水，只要把它摇一摇就会出现雪花纷飞的景象。菲利浦简直把那个饰品当成心肝宝贝，不时把它拿出来摇一摇，看看雪花飘落的情景，有时还会拿到我的面前让我看。

"我家里面也有一个这种东西，"杰罗米指着菲利浦手上的那个饰品说，"给我看一下，菲利浦。"

菲利浦当然不放手，最后两个孩子为了争夺这个东西在地上扭打起来。

"嘿，你们两个，不要再打了！"我大喊，走过去抢下那个饰品，免得两人把东西打碎了，"杰罗米，住手！"

心不甘情不愿地，杰罗米从菲利浦身上爬了起来，还很不甘心地踢了菲利浦一脚："你这个自私的小子，你这种白痴，你连怎么做头猪都不会，你真是个大白痴。我又不会弄坏你的东西，给我看一下你会死吗？"

"你应该等到人家愿意把东西给你看时，你才能拿。你不可以抢，更不可以攻击对方，听清楚了吗？"

"谁稀罕，我家那个比他的还要好，"杰罗米低声咕哝着，"我的还是迪斯尼乐园买回来的呢，谁稀罕他的！"

"现在该上讨论课了，"我顺手推了一下杰罗米，"你去把讨论盒拿来。"

然后我要求菲利浦把他的饰品收到柜子里，等到放学后再拿回去。虽然他很抗拒，但还是乖乖地听我指挥。

放学后，小朋友们都各自拿回自己的东西。就在这个时候，菲利浦发现他的饰品不在柜子里，吓得大哭起来。

我四处寻找，怎么也找不到那个东西的踪影。当时我觉得很有可能是杰罗米的恶作剧，把东西藏了起来，但是怀疑归怀疑，毕竟没有证据证明是他做的。更糟糕的是，此时校车已经来了，可是我还是没有把东西找出来，于是我只好不停地向菲利浦道歉，向他保证等他回去后我就算把教室翻遍了，也要把东西找出来，而且明天早上一定会给他一个交代。经过一番保证后，菲利浦才边哭边踏上校车。

送几个孩子上了校车后,我又仔仔细细地找了一遍,甚至连柜子都被我翻了个底朝天,结果还是什么都没有。我的心止不住地往下沉,越来越确定东西一定是被偷走了。把柜子归位之后,我便下楼到教师休息室。

喝完咖啡,我准备回到教室里准备明天的课程。走着走着,我发现走廊和教室大门之间的那扇衣帽间的门被关了起来,我记得刚才离开的时候它是开着的。在那道门外站了一会儿后,我凑过去仔细聆听,洁蒂细微的声音正从里面传出来:"……然后,她就乘着雪橇飞走了,高高地飞在天空上。'我们在飞了。'泰希喊叫着。'你要和我一起对抗他们吗?''要,'泰希说,'我和洁蒂还有琥珀要一起去做。'所以他们就逃走了,然后跳上雪橇。那时天空不停地飘着雪,地上也积了厚厚的雪。雪下着,下着,下着。然后他们就飞起来了,飞起来,飞起来,高高地飞了起来……"

走进教室,我用力关上门,目的是让洁蒂知道我已经回来了。教室里面通往衣帽间的那道门紧紧地关上了。我走了过去,站在门边叫:"洁蒂?"

里面没有出声。

我拉了拉门把手,发现门已经锁起来了。"洁蒂,让我进去好吗,拜托?"我说。

没有声音。

"请你把门打开好吗?"我的口气开始严肃起来。

依旧无声无息。

"这种事绝对不可以再发生了，否则以后我不允许你用这个房间。现在我要开始计数，在我数到三之前你得把这扇门打开。我开始数了。一……"

我听到她靠近门边的声音，可是门还是没有打开。

"二……"

钥匙在锁孔上静静地转动着，然后门慢慢地被打开。

"我可不可以把菲利浦的饰品拿回来？"我伸出一只手，煞有介事地对她说。

"我没有拿。"

"如果你现在就把东西交给我，我可以把它放回柜子里，那些男生就不会知道是你拿的。"

"我没有拿。"

我沮丧地注视着她。

"你为什么不相信我？你说你会相信我的，可是你从来都没有相信过我。你就和其他那些人一样。"

我把手搭在她的肩上，将她转了个身，推着她走进衣帽间，进去后我转身把门锁上："好，如果你真的没有拿，你应该不会介意我到处找找看吧。"说完我便毫不犹豫地把手往她外衣的口袋里伸。

"住手，你不可以这样。"她挣脱了我的掌控，直直地冲到门边。我又把她抓了回来，然后再次摸索她的口袋。很明显地，菲利浦的东西就在里面。见此情形，她的反应更加激烈，开始对着我又吼又叫，使尽全身力气挣脱了我的手掌，往门口的方向逃去，这时钥匙还插在锁孔上。

我趁她还来不及打开门之前就逮住了她。洁蒂剧烈扭动着身体，对我又打又踢极力想要挣脱。没想到，她这些充满暴力的动作同时也踢到了她的外衣口袋。这一踢，口袋里面的那个饰品掉了出来。我们两人站在那里眼看着那个饰品掉落在地板上，然后高高地弹起来又跌落下去，整个饰品摔得四分五裂，原本装在里面的水也溅得到处都是。

洁蒂和我有好一会儿的时间都僵在那里不动，不知该做何反应，惊慌的神情迅速爬到我们的脸上。"哦，天啊。"我终于开了口，但却又不知该说些什么。

洁蒂不禁大哭起来。她跪了下来，一片一片地捡拾起那些碎片，然后把它们轻轻地压在她的心口处。

"让我来帮你吧。"我也在她的旁边跪了下来。

"不要！"她尖叫了一声，用力推了一下我的肩膀，"不要，是你做的，发生这种事情都是因为你的关系。"

"我很抱歉。当然，我并不希望它碎掉。"

"都是你的错，都是你害我打碎它的。你实在太坏了，你实在太可怕了，我要杀了你。"

我站了起来。

"我要你死掉。"

"我看得出来这让你非常非常地生气,"我说,"气到你想要杀死我。"

"没错!"她愤怒地尖叫着。

"没有关系,你是在发泄你的情绪,并没有采取行动,并没有真的杀人,所以没有关系,把情绪发泄出来是没有关系的,因为情绪本身并不会发生什么事情。你大可以把心中的感觉全部说出来,感觉和愿望并不会让人致命。"

洁蒂突然不再尖叫咒骂,她惊讶地看着自己的身体,完完全全地直立着。片刻之后,愤怒的泪水再度决堤而出。

她的情绪突然完全陷入愤怒中,一阵酝酿和累积后,全部爆发出来,夹杂着刺耳的尖叫声。她冲向这道门又冲向那道门,愤怒的程度越来越高涨,简直到了走火入魔的地步。

我自己也被她这股怒气吓了一大跳,我无意如此刺伤她,也没有想到她的反应会是如此强烈。当时我第一个冲动是跑过去把两道锁着的门打开放她出去,她似乎是一只在窗户上狂乱找寻出口的蝴蝶,让人看了于心不忍。可是,我心里明白,我必须有始有终,而目前我唯一能够做的就是等待,等到她精疲力尽为止。

最后,洁蒂无力地靠在通往走廊的那道门上,她瘫坐在地上,那些破碎的饰品始终在她的手中。此时,她又把那些碎片压在胸口上,弯着身子保护着它们,长发垂成帘幕遮住她的脸。她就那样坐在那里哭了好久,哭到累了,没有力气再哭了。她缓缓地仰起头,用手上的袖子擤了擤鼻子,擦了擦嘴巴。

"我想,也许那样对你是最好的,"我轻柔地说着,"我认为你有必要把心中的一些感情发泄出来。"

洁蒂望着我。

"过来我旁边坐吧。"我拍了拍身边的长椅子。

她犹豫了好一会儿,然后站起来慢慢走过来。

我抓了面巾纸帮她擦眼泪。洁蒂只是安静地望着我,任我帮她擦着脸上满布的泪水。

"泰希是对的。"洁蒂喃喃地说。

"你是指哪一方面的事情呢?"

"你最坚强,你比谁都坚强。你一定是上帝。"

"你希望我是上帝,对不对?"

她慢慢张开她的手,低头看着手上那些菲利浦的饰品碎片:"是的,我真的那样希望。"她轻声细语地说。

"为什么你会这样希望呢?"

"因为只有那样才能表示他们说的不是真的。"

"他们指什么人?"

"就是他们,他们说的。"

我很想进一步地探究,但是又很怕破坏这份异常脆弱的关系。

"有时候我真的很想死掉,就像泰希那样死掉算了。我觉得那样也许会比较好一些。可是,又有些时候……"讲到了一半,她开始沉默不语,手指轻轻地抚摸着手上的那些碎片,"有时候我又不想死,我只希望它停止。我只希望我和琥珀……我不知道,我只希望我们……"她没有再讲下去。

她依旧低头看着那些碎片:"他们说受伤害是件好事,当你受了伤害后,你就会变得更坚强。他们会把你变得很坚强,坚强到你敢去杀人。如果你不喜欢某一个人的话,他们就会教你用什么方法把那个人杀死。"

"哦。"

"可是你并没有死。"

"没有,我没有死,"我说,"你只不过是在生我的气罢了,就是那样而已,我并没有因为那样就死掉。生气只是一种情感,情感并不会杀死人。"

"可是艾里小姐不是那样说的,她说如果我希望你死掉,我就可以让你死掉的。"

"不会的,我并没有死掉呀。"

"那是因为你是上帝的缘故,对不对?"她问道,同时抬起头来看着我。

"不是,那是因为艾里小姐根本就是错的。"

那天晚上我带着难以言喻的复杂心情回家，满脑子都是洁蒂的影子。在我看来，只有三种可能能够解释她今天的行为。第一，她的心智深受困扰，她的内心世界充满各种幻想和零零碎碎的奇思异想。第二，她曾受过重大的创伤，有可能是虐待，或是隔离，或是类似的遭遇，于是导致她创造出一个虚构的世界，借此逃避现实世界。第三个原因，她是一个精神异常的小孩，自己杜撰一些没有人会相信的谋杀或虐待事件。虽然我心中觉得有这几种可能，但是，我并不会因此就有什么预设立场。

那天晚上，我在家中做什么事都无法集中精神，就连看电视也是看了没几分钟就开始不耐烦起来。我只好关掉电视，开始在公寓里面东摸摸、西摸摸，整理东西，洗洗碗盘，顺便准备隔天的早餐。当我走进房间的时候，无意中看到桌上那一叠书，压在最下面的就是那卷和洁蒂有关的录像带——里面有洁蒂的身影在镜头前晃来晃去、发出微弱求救声的录像带。这时我突然有一股冲动要再看一次那卷录像带。难道说现在我可以从中看出更多的意义吗？难道说里面有些东西是我以前无法理解而现在可以理解的吗？

看完录像带，我不得不承认我真的不了解洁蒂，而且也不知道该怎么来解决这件事情。思前想后，我搞不清楚自己为什么会孤立地陷入到这个案例中，为什么不去找人谈谈。这时我想到诊所中的同事应该是我可以咨询的对象，我可以打电话给朱利，因为他永远都有出人意料的想法，也许他的想法可以多少帮我解开心中的谜团。不过我又想,不知他是否乐意听我这些烦人的问题。

此刻我最需要的就是找个人谈谈。我把电话簿翻来翻去,最后打电话给亚奇,没有人接。于是我又打给露西,约她出来。

"哇塞,太棒了!"露西在我的旁边低声说,那时我们正在换保龄球鞋。

我们打了两局,时间已经快十点三十分,球馆也即将关门。

"你要不要喝可乐?"我问露西。球馆附设有吧台,那个吧台还要过好一会儿才会打烊。

"好啊,"露西爽朗地答应,"这下子,我明天可就要累翻了。难道你不会吗?明天的课程你都准备好了吗?"

我们找到一张桌子坐下来。

"我想你应该在离开学校前就完成了所有的准备工作吧,"露西说,"你总是那么条理分明。我一直想效法你,可是每次一到教师休息室,就有人找我聊天……"然后她耸耸肩,"不过,我想那也没有什么关系,因为那样我在晚上才不会没事可做,尤其是班不在的时候,我常常会觉得很无聊。"

她瞟了我一眼后又继续说着:"打保龄球实在很有趣。老实说,开始的时候我原本是不想来的,因为我在家有点儿不修边幅。不过后来想了想,管他呢,偶尔放纵一下又何妨呢?我真的很感谢你邀我出来。"然后她问道,"你是不是常常来打球?我猜你一定很习惯这样的生活，来自大城市的人一定常常来这种地方。"

我笑着摇了摇头："也不尽然。我不是那种喜欢常常出来玩的人，我只是觉得今晚想要有些变化。我工作上的事情越来越多，现在我甚至还把问题带回了家。"

"你有问题？"她的脸上闪过一丝警觉。

我知道她可能有所误解，便跟她解释并不是我私人的问题："是洁蒂的问题，我真的被她搞得一头雾水。"然后我开始把前几个月发生的事一一说给她听，这其中大部分露西已经知道，她也常常在我最需要的时候给我适时的援助。只不过这是第一次我在放学后跟她谈洁蒂的问题，有关洁蒂在上学时驼着身子、放学后站直身子、时常大声尖叫，还有她提到的泰希、珍妮、艾里小姐以及其他的事情，我统统都告诉了露西，同时我也提到了鬼魂和蜘蛛的事情。

终于把积压在心中的困惑倾诉出来，我长长地吐了一口气。

"天啊！"露西低着头静静地吸着她的饮料，"天啊！"她又喃喃地说了一句。

"问题是，我根本搞不清楚她到底发生了什么事，这是我感到最烦躁的地方。我是说，万一她说的都是真的呢？正当我坐在这里无所事事的时候，那些可怕的、令人难以相信又无法想象的事情正发生在她身上，那又该怎么办才好呢？"

"哦，不会的，不会那样的，"露西安慰我，"你说的是谋杀案，那可不是小事情呢。"

"是的,这个我也知道,我也是一直让自己这么想,可是话又说回来……她在讲那些事情的时候,又是那么的确定……但是那些内容又让人难以相信难以分辨。我使劲地把那些事情一个个串连起来,希望能够找到合理的解释,可是……"

"可是那不可能会是真的。"露西接着说。

"我觉得一定有某种关联,也许是一种色情的关联。会不会是恋童癖呢?"

"桃莉,你饶了我吧,"露西说,"这是贝京市,不是什么复杂的大城市,那种事情根本就不会发生在这种地方,你说的事只会发生在加州、纽约那种大城市。可是,桃莉,这是我生活了一辈子的地方,这种事情是绝对不可能发生在这里的。"

"我并不是说事情真的有发生,我只是在猜想而已。"

"我没有天真到对那种事情一无所知,我只是觉得那种事情不可能在这种地方发生。这是一个小社区,任何事情都无法避人耳目,任何事情都是所有人的事情。我的意思是说,在这个地方一旦做了坏事,逃不过所有邻居的指责。"

沉默了一会儿后,露西又说:"你知道我最怀疑的是什么吗?我觉得洁蒂可能有多重人格。"

"多重人格?"

"对,也许洁蒂把她自己分割成好几个不同的人,而其中某一部分的她擅于编造另一个世界,她把自己完全投入到那个编造出来的世界里，所以才会觉得自己生活在炼狱中，需要别人的解救。"

其实露西的分析十分合理，只不过这样的分析又会引发另一个问题——洁蒂这种年纪的孩子，要出现明显多重人格的概率根本就几乎为零。我们两人讨论了半天，还是找不出令人满意的结论来。

翌日，洁蒂没来上学，这种现象让我困惑不已，而且还有些担心。她的出勤率一向非常好，几乎没有请过假。再说，她应该没患上感冒，这并不是流行性感冒多发的季节。

更令我担心的是，上个星期她一直没有再和我谈到琥珀过生日的事情，而琥珀的生日就在这个星期日。我希望有机会能和她谈谈，这样我才会安心一些。

为了洁蒂没有来上课这件事情，我整个上午都显得心神不宁。当四个男生都已经到齐了好一会儿，我发现自己还站在窗户前面望着远处洁蒂的家。

第一堂课结束后，我迫不及待地到幼儿园去看琥珀有没有来上课。她在那里，但我仍无法消除心中的不安，于是趁着午休的时间悄悄溜了出去。

一听到门铃的声音，埃科德太太便来开门，她手中抱着小女儿翡翠，见到我显得非常惊讶。

"她生病了，胃痛，"听完我来访的原因后，埃科德太太解释道，"昨天晚上她在床上吐得到处都是，所以我今天不让她去学校了。"

"对，这样最好还是不要去上学，"我同意地说，"我是否可以和她打个招呼？"

百叶窗拉了下来，洁蒂房间的光线有些暗淡。

"你好。"我说。

洁蒂惊讶地看着我。

"你妈妈说你生病了。"

她没有说话。

在她的床边坐下，我微笑着说："你现在觉得好一些了吗？"

她一副戒心十足的样子，好像我是一个陌生人，或是一个不速之客。

"我很难过你今天不能来上课，大家都很想念你哦。今天下午我们都要到麦卡伦老师的教室去，我们要做下个星期万圣节派对要用的核桃杯。可惜你今天不能来上课，不然你就可以帮我们的忙了。"

洁蒂还是没有开口说话。

"要不要我替你做一个呢？这样，派对的时候你也会有一个，好不好？"

洁蒂依旧没有什么反应。

她的沉默让我有些不知所措，于是我转身看了看她的房间。

洁蒂的目光紧紧跟随着我。

"我带了一样东西给你，"我打开一个纸袋，从里面拿出了一个娃娃，那是一个金发娃娃，"我想也许你会想要有个东西作伴，但是我不能把她送给你，因为她是咱们班的东西。不过我认为这段时间你可以把她留在身边，等你觉得不再需要她陪伴了，就可以把她带回学校。"

洁蒂默默无语地接过那个娃娃，然后把她抱在怀里。

"学校午休的时间快要结束了，我得赶快回去，至于这个娃娃……嗯，如果事情实在很不顺利，让你心里觉得很难过的话，你可以看看她，当你在看她的时候，你就会知道我也正在想你。"

她只是出神地看着那个娃娃。

我站起来："我现在必须走了，我希望你会很快好起来，好吗？"

她缓缓举起一只手，轻轻地把娃娃额头上的头发往后梳理，嘴角出现了一丝不易察觉的微笑。

我出来的时候，洁蒂的母亲就站在房门外。由于她非常靠近门口，害得我差点就撞上她。"哦，真对不起，"她急忙说，"我正要拿一些床单到洁蒂的房间去帮她换。昨晚把床单吐得那么脏，我还没有时间帮她换呢。"

我点了点头："谢谢你让我进去看她。"

"我看到那个娃娃了，"埃科德太太微笑着说，"你人真好，现在我终于知道她为什么那么喜欢你了，你总是事事为她着想。她和琥珀常常在一起玩娃娃，这下子她可真的会乐坏了。"

"那就太好了。"

"那个娃娃看起来就像你一样，金色的头发。"埃科德太太说，

"洁蒂一定会非常喜欢的,这样一来她就不会总是那么想念你了,洁蒂对那些长得和人很像的娃娃总是爱不释手。"

星期一,洁蒂回来上课了,她把那个娃娃也带了回来,而且和娃娃寸步不离。

"大家看我们的哑巴女生带来了什么东西。"杰罗米说。

"是的,我知道。"

"她是偷的,我看到她偷的,因为今天早上还没有开始上课前我就在操场上,我就看到她拿着那个娃娃了,那是你带来的那些娃娃的其中一个。"

"没有,她没有偷,那是我暂时借给她的。"

"真的吗?"杰罗米倍感受伤地喊叫着,"你从来就没有借给过我东西。"

"你也要娃娃吗?"

"不要。我是说那些放在教室里面的东西,你从来就没有把那些东西借我带回家过。"

"这是特殊情况,杰罗米。我有特殊的原因才把娃娃借给洁蒂,以后要是我觉得你的情况也很特殊,我也会把东西借给你的。"

杰罗米用嘲讽的口气说:"谁需要学校的那些东西!我要那些鬼东西干吗!"

那天下午放学后,我把几个男生送到楼下去坐校车,再返回教室时，发现洁蒂还没有离开，她正在衣帽间里面。她的外套已经拿下来放在长椅子上，那个装着娃娃的箱子也被拉了出来，洁蒂正一个人静静地玩着一个黑发娃娃。发现我出现在门口，她赶紧把娃娃放回箱子里面。

"你特别喜欢那个娃娃，对不对？"我说。

她点了点头："可是我也喜欢你送给我的那个，现在我最喜欢她，因为我假装她就是你。"

我笑了笑走到她的身边："这个娃娃看起来更像泰希，对不对？"

洁蒂敏锐地抬头看着我。

"我们要不要把前后门关上呢？"我没有等她回答，便径自转身去把门关上。"你的周末过得好不好？"我问她，"琥珀的生日过得如何呢？"

洁蒂又拿起那个黑发娃娃。

"你们有没有为她举办一个派对呢？"我问。

"没有。"

"那么家里呢？你们有没有在家里为她办一些特别的活动呢？"

"有的，我妈妈做了一个蛋糕，是黄色的，上面还插了好几根蜡烛。"停顿了一下，她皱了皱鼻子，"你知道琥珀想在蛋糕上放些什么可笑的东西吗？糖制的水仙花，水仙花，现在都已经十月了，可是我妈妈说，那是她的生日，所以她可以有那种东西。"

"她有没有收到礼物呢？"

"有啊。"

"什么样的礼物呢？"

"我妈妈和爸爸送给她的是衣服和小马，我的外婆送给她一条花毯，我送给她一个马斯棒。但是翡翠没有送她东西，因为她还太小，没有零用钱买礼物。"

"所以星期日琥珀过了6岁的生日，她又有蛋糕又有礼物。那还有没有其他什么事情发生呢？"

洁蒂摇了摇头。

"她没有死掉，对不对？"

洁蒂把娃娃倒立过来，看着娃娃垂落的长发，然后她稍稍低下头看着娃娃的脸。

"琥珀很好，"我静静地说，"她6岁了，而且她活得很好。"

"不。"洁蒂答道，她的声音中夹杂着一丝丝的激动。

"她非常的好。今天早上我还亲眼在哈维尔太太的教室中看到她。"

"不，他们还是一直来，不一定是在她生日的时候才会来，因为她现在已经6岁了。他们会在6岁这个年纪把她杀掉的，艾里小姐说的，她说到了这个年龄就必须要死掉，他们会在这个时候下手，就像他们对付泰希一样。我知道他们会，他们会那样做的。"

"谁？谁会那样做？"

"就是他们，我不停地告诉你，就是他们。艾里小姐还有巴比还有其他的人。"

"可是谁是他们呢？他们是哪里人呢？你又怎么会和他们在一起呢？他们会去你家吗？还有，当你和他们在一起的时候，你的爸爸和妈妈在场吗？"

洁蒂抬头望着我，一脸不解的表情。

"这些事情你都知道吗？"我问她。

"通常，我都是在睡觉。艾里小姐会到我的房间叫我起床。她会买可乐给我喝，给我和琥珀喝。有时候我们会到客厅，有时候我们会到别的地方去。"

"比如说像什么样的地方呢？"

洁蒂顿了一顿，脸上泛起了一种困惑的表情："我不知道什么地方。"

"你说这话是什么意思？"

"嗯，艾里小姐会用一条围巾围住我们的脸。她每次都是在晚上带我们出去，所以我们根本看不到。然后她把我们带到别的地方去，到了那里之后，我们就会喝更多的可乐，而且泰希有时候也会来。"

"你不是说泰希已经死了吗？"

"对，她已经死了，可是那个时候她就会活过来，因为艾里小姐会把她的骨头放在一起。"

"那你的爸爸妈妈呢？发生那一切的时候，你的爸爸妈妈在哪里呢？"

"睡觉吧？"她不确定地说着，"我想他们应该是在他们的房间里睡觉吧。因为这样，所以每次艾里小姐和他们来的时候，我们总是很安静，因为我觉得她不想吵醒我的爸爸妈妈。"

"可是你为什么不去叫醒你的爸爸妈妈呢？如果你不喜欢这种事情，那么艾里小姐他们来的时候，你为什么不尖叫呢？只要你尖叫，你的爸爸妈妈就会醒过来。"

"哦，我不能那样做的，那样艾里小姐可能会杀死他们，也可能会把我杀死。"洁蒂顿了顿，"谁都不能违反艾里小姐的意思，永远不能，因为如果让艾里小姐的蜘蛛看到你做那种事情的话，大家就都活不了了。"

第 9 章

惊人的秘密

> "艾里叫杰亚拿走我们的娃娃,然后泰希怕得哭出来,杰亚打碎泰希的娃娃,艾里把刀插进去,血喷出来,她用杯子装血,要我们每个人都喝……"

万圣节的脚步越来越近,校方为了鼓励孩子们积极参与万圣节活动,专门设立了奖励制度,谁的服装最有创意,就可以得到大奖。

万圣节那天早上,杰罗米一踏进教室便悲惨地嚎叫起来:"哦,不!"他哭喊着,"我忘记把衣服带来了!"然后他做了一件我从来没有见过他做过的事情:他坐在地上放肆地大哭起来。

看到他那个样子我真的很难过。我把他从地上扶起来,陪着他走到他的座位上。

"我原本会赢的,"他哭着说,"我的衣服是最棒的。"我努力安慰着他,不过他还是无法自持地痛哭流涕。

坐在我们对面的洁蒂对这一切只是默不作声地看着。过了一会儿,她缓缓地俯过身来,"我可以借他一件衣服穿。"她用一种轻柔的声音说。

我抬头望着她。

"我阿姨上个星期来我们家玩,带了两件衣服给我和琥珀,好让我们在万圣节的时候可以沿街讨糖果。如果他愿意,杰罗米可以穿我的衣服,我可以把衣服借给他穿。"

杰罗米一听此言,脸上立刻泛起灿烂的表情:"嘿,你的衣服是什么样子?好不好看呢?"

"可是,你怎么办呢?"我问,"这样的话,今天下午你还有衣服穿吗?"

她无所谓地耸了耸肩。

"嘿,女士,如果这个女孩要把衣服借给我穿,你就别扫她的兴,"杰罗米抢着说,他的脸上还挂着泪痕,"这个女孩只不过想要表示友好罢了,你干吗那么紧张?"

"可是,你怎么办呢,洁蒂?"我又问。

"又没有规定说一定得要穿着特别的衣服才能够参加派对呀。"洁蒂答道。

"可是待会儿我们还要去讨糖果。你不能穿着平常的衣服就去跟人家讨糖果,那样人家不会给你的。"

洁蒂耸了耸肩:"没关系,我不去就是了,我和琥珀都不去,反正琥珀也不喜欢天黑以后出门,那样她会害怕,她连睡觉都要点着灯才敢睡,所以,你知道了吧,我们根本不喜欢那种事情。再说,吃糖果是会长蛀牙的。"

快到午休的时候,我让洁蒂回家拿那套衣服给杰罗米。那是一件有着黑黄相间斑点的衣服,杰罗米一套上那件衣服便发出尖叫声:"哇,这件衣服简直可以装下两个我。"于是我们想办法找来其他的配饰,如此就显得很完美了。

下午派对即将开始时,每个小朋友都兴高采烈的,只有洁蒂没有丝毫兴奋的表情。

"你确定不加入我们的游行队伍吗?"我问她,同时准备为游行的孩子们拍照。

"我确定。"洁蒂低着头回答我。

"其实你也不一定要去参加游行,你可以和我站在教室的门口一起观看。"

"不要。"

我只好留下她一个人在教室里继续画她的画。

走廊已经开始喧哗,每个班级的小朋友们都加入了游行的队伍,然后长长的队伍朝着体育馆的方向出发。

杰罗米终于得到了他梦寐以求的大奖。准确地说,应该是有三个男生得了奖。颁奖时,我央求露西帮我注意一下班上的几个小朋友,然后趁机溜回教室。回到教室里,我发现洁蒂仍然在我的桌上画画。

"他们开始玩游戏了,你要不要下来和大家一起玩呢?"

"不要。"她静静地说着,依旧专心画着她的画。

"怎么啦?难道你不喜欢和大家一起玩吗?"

"我没有怎么。我只是不喜欢,就是这样。"

"可是,这是为什么呢?你一向很喜欢派对。每次有人过生日,你都和我们一起玩得很高兴啊。"

"我不喜欢万圣节。"

"是衣服的关系吗?是衣服让你感到害怕吗?"

"我就是不喜欢它。"

很高兴在这个地方能够避开嘈杂声。我在衣帽间的长椅子上坐下来,身体靠着墙壁,闭上眼睛开始回想这累人的一天,想着想着,不觉深深地叹了口气。

衣帽间里弥漫着一股沉闷的气氛,和体育馆中的欢乐景象形成强烈的对比。

"我可以告诉你那是怎么发生的。"她的语调十分平淡,头也没有抬起来。

我睁开眼睛看着她。

"如果你想要听我说的话,我就说。"她又加了一句。

我不知道她指的是什么,不过我还是点了点头说:"好。"

"你看,就是那一年的万圣节,那时泰希也是6岁。"

我又点了点头。

"那时候我们都是6岁,我的生日在十二月,她的生日在八月。

我知道6岁是很重要的日子，因为艾里小姐总是那样告诉我们。她说那是一件重大的事情，因为我和泰希都6岁了。她说每一个人到那个时候都会变得更坚强，她说我们会在那个时候实现许多愿望。其实我也不知道那是什么意思，我以为可能是指我在圣诞节的时候可以得到一个芭比娃娃。我以为因为我们到了6岁就会有好运，到时候就可以有一个芭比娃娃。"

洁蒂停了停，眼睛望着桌上的那张画。

"后来，那一定是在九月的时候，我猜……我也不是很确定，因为我那个时候还不太会分月份，可是……"她又停下来，皱起眉头，好像很努力地要集中精神，"泰希和我躺在一张大桌子上，当时我们都抱着一个娃娃。艾里小姐叫杰亚把我们的娃娃拿走，等娃娃拿走，艾里小姐和那里所有的人便围绕在我们的身边。他们先一个一个吻我们的娃娃，然后再轮流分别吻我和泰希，可是他们在吻娃娃时，我们看不到他们在吻哪一个娃娃，因为他们把娃娃放在我们头顶的上方。然后泰希害怕得开始哭了起来，可是我没有哭，因为我并不知道到底是怎么一回事。接着，杰亚拿起烛台用力往泰希的娃娃敲下去，把娃娃的头打碎了。就是那个时候，我知道泰希会死掉。"

老实说，听到这些我真的不知道该做何反应。因为，我不太能够确定她到底在告诉我什么，那似乎太荒诞了。

"那原本有可能是我的，"洁蒂悲哀地说道，然后抬起头来，

"原本死的人有可能是我，因为我已经6岁了。可是我的娃娃没有被打烂，所以我才能够活着。"

"而泰希却死了？"我问。

洁蒂点了点头："是的，就像我以前告诉过你的。"

我坐下来，无言以对，觉得全身麻木失去知觉。我这一生经历了这么多的事，接触了那么多的个案，但是在面对这样的事情时，竟然还是如此的无力。

"艾里小姐把刀子插进去时，血喷了出来，就像我以前说给你听的那样，她用杯子把血装起来，然后要我们每个人都喝。看，那就是6岁的力量。它喝起来温温的，有点……有点……油油的感觉，有点像喝色拉油的那种感觉，会让你的舌头滑滑的。"

那天下午听完洁蒂的故事，我真的不知道自己是怎么熬过整个下午和晚上的，我头痛欲裂。洁蒂到底发生了什么事？她真的受到虐待了吗？她说的故事是真的吗？真的有一个小孩被杀死，而洁蒂还喝了她的血吗？想到这里，突然有个词语闪过我的脑际——恶灵。

恶灵？我完全无法把这个词语和洁蒂联想在一起。这时我又想到汉斯上次提到的那本有关恶灵的书籍和书店中的那个女巫。当初我的态度是一笑置之，现在我依旧无法把洁蒂的故事往那方面去联想。我只是反复地想着，真的有泰希这个小孩吗？洁蒂又怎么知道血的味道？那个被打得稀烂的娃娃又做何解释呢？她为什么要编造这样的故事？如果她没有亲身经历，又怎能把细节描述得那么清楚？有没有可能是她看了太多的恐怖电影，再加上精神困扰导致的一些幻想呢？这些问题不断地在我的脑海里翻滚着。

次日早上，由于班上的小朋友们个个没精打采，加上我的心情也不是很稳定，于是我决定把自由日记写作时间提早进行，他们可以写日记也可以绘画。听到我这样宣布，最高兴的莫过于杰罗米了。

这几个男生中最需要特别照顾的就属布鲁斯了。在详细指导过他的作业后，我到每个小朋友的身旁绕了一圈，最后来到洁蒂旁边。我拉过一张椅子在她身边坐下，她专心地在日记本上画画。第一个画的是一只站立的猫，她一笔一笔细细地描。第二个画的是一个只有眼睛和双腿的钟铃状人形，这个人形要比前面那只猫的体形显得小且模糊。第三个画的是一个更小更模糊的形状。总之，她画的东西一个比一个小，一个比一个模糊。

"这张画看起来很有趣。"我说。

"我原本要画我的家人。"她的语气中显露出些许疲惫，同时也不很满意画出来的结果。

"啊，很有创意的画。"

"那个是珍妮，"她指着那只猫说，"可是它现在已经不在了，不过那并不表示它就不再是我的家人，它是，因为我还记得它，它是我最心爱的猫咪。"

"那么这个是谁呢?"我指着钟铃状人形问道。

"这个是我,这个是琥珀,还有这个是翡翠,那个是我妈,那是我爸。"她一一指着向我说明。停了停后,她又指着最后的两个人形,它们小到只剩两个小小的圆圈。

"我没有把他们画得很好,是因为我已经画得很烦了,我今天不是很想要画画。"

"是的,我看得出来。"

洁蒂没有说什么,俯身向前更仔细地检查着画中的每一个人物。

"你今天怎么会想到要在日记上画你的家人呢?"

她只是仔细地看着那张全家福,没有回答我的问题。

"我注意到在这张画中,你和珍妮是最重要的人物,其他的人都越画越小,你的爸爸和妈妈就比你小很多。你是不是觉得有时候你才是家中最重要的人呢?"

洁蒂耸了耸肩:"我也不知道。我觉得好像我就是那个必须照顾大家的人。"

"可是,那通常是爸爸或妈妈的工作,不是吗?"

"哦,也许他们并不在家里,也许他们出远门,在别的地方。这时家中就必须有人要负起照顾其他人的责任。"

"这种情形是不是时常发生呢?"

她皱了皱眉头,但是没有讲话。

我仔细地看了看那张画:"你知道吗?在这些人物当中,唯一有嘴巴的就是那只猫咪。看，你连自己都没有画上嘴巴，琥珀和其他人也都没有。"

"那是因为这里面所有的人都是鬼，所以才会没有嘴巴。"

"哦。"

"鬼不会说话，他只能指手画脚和其他人交谈，就因为那样珍妮才听得懂我说的话。可是鬼不能和人类交谈，因为人类听不到，所以他们不需要嘴巴。"

"原来如此。你说因为人根本听不到你说话，所以说话是没有必要的，因为那没有什么意义。"

她点了点头："没错。"

接下来的那个星期，我们过得似乎相当的平静，就像其他几个小朋友一样，洁蒂明显比以前稳定许多。自从万圣节前的那个星期开始，放学后她再也没有出现在教室里，这个星期的星期一到星期四她也没来。到了星期五放学后，她出现了。

"我可不可以进去玩那些娃娃呢？"她站在教室门口问我。

"当然可以，你进来吧，我很快就整理好了。再过几分钟我也要开始我自己的准备工作。"

洁蒂自动到我的抽屉中拿出钥匙把门锁上，把钥匙放回原位，然后拉出装娃娃的那个箱子，再把箱子搬到长椅上。我坐下来准备下星期一的课程。

几分钟后，我抬头看了看洁蒂，发现她不停地在箱子底翻来翻去。起初我以为她是在找那个黑发娃娃，最后她从箱子里拿出一个婴儿娃娃，脸上终于露出了满意的神情。

"我的妹妹也是个婴儿，她现在已经1岁了，但是她还是一个婴儿。"她以平常的口吻说道。

"你是指翡翠？"

"我另外一个妹妹早就不再是个婴儿了，她已经6岁了。"她的口气有些不耐烦。

"我和琥珀都是大孩子，我们都懂事，婴儿不懂事，婴儿什么事都不知道。"

她开始把娃娃的衣服脱掉，一边还不停地念叨着："婴儿，真的，他们就像动物，你得为他们做所有的事情，而且你还得对他们非常温柔，因为他们听不懂你说的话。"

"你喜欢婴儿吗？"我问。

她耸了耸肩："非常不喜欢，因为他们是大麻烦。"

她把婴儿娃娃的衣服脱光后，再把尿布拿下来。"嘿，你看，"她大叫起来，"是个男生！看看它有什么东西，一个小鸡鸡。"她咯咯笑着抬头望着我，"我有时候是那样叫它的，一个小鸡鸡。"

我笑了笑，没有说什么。

"其他的婴儿娃娃都没有，那些大的娃娃也都没有这个。可是你看看这个婴儿娃娃，看看它有个什么东西。"

洁蒂注视着那个小鸡鸡好一会儿，然后用中指轻轻碰了碰它。突然，她大声说："我想就这么做。你知道我现在要做什么吗？这个！"她抓起那个娃娃的小鸡鸡，用力地将它往墙上丢过去，娃娃撞到墙壁后弹回来，然后掉到长椅子下面。

"看你的样子，那个小鸡鸡好像让你感到很生气？"我试探性地问。

她的脸上突然出现一种很奇怪的表情，不过我知道那个表情不是针对我而来的。"他们强迫我们玩小鸡鸡，"她的声音几乎听不见，"杰亚还有巴比，还有他们。他们老是把老二拿出来，然后一堆人在那里叫着'小鸡鸡，小鸡鸡，谁要小鸡鸡？'然后我和琥珀，我们就得……"她的声音越来越小。

"哦，我的天啊。"我心中暗叫着。

"其实，"她继续说，"其实我很讨厌他们，我恨他们。"她瞄了我一眼。

我只是点点头。不论我在这个时候说些什么，我想她都很难相信我的诚心。不过此刻我们彼此的心中都怀有一种心照不宣的默契。

"我不要他们盯上翡翠，"洁蒂说，"他们会盯上她，我猜一定会的。"

"你指的是什么呢？"

"呃，前几天的一个晚上，上个星期的时候，他们把翡翠倒立在棍子上。"洁蒂转动着她的手示范给我看，"我和琥珀，当我们倒立的时候，我们就得把两条腿缠在棍子上，然后他们就会拿绳子把我们的腿绑起来。可是翡翠还太小，不能用绳子绑，所以他们就把她这样。"洁蒂看着我，想知道我是不是明白她的姿势。

"我们被绑在棍子上之后，"洁蒂继续说，"他们就会围过来，把他们的小鸡鸡放进我们尿尿的地方，再不然，有时候也会放进我们的屁股里面。可是前几天晚上，当他们把翡翠放在棍子上时，他们没有把小鸡鸡放进去，他们是把手指头放进去，我想那是因为翡翠还太小的原因。每个人都一定要那样做，连我和琥珀也要做。"这时她伸出了她左手的无名指，并出神地注视着它，"然后轮到我，我做完时就去吻一吻翡翠，让她觉得好过一些。我要她知道我心里很难过，我不是故意要那样做的。"

那些话听得我目瞪口呆。我坐在椅子上，不知所措。

"我虽然恨他们对我和琥珀做那种事，但是他们那样对翡翠实在是太过分了，那很痛的。每次我都觉得痛得要死，所以我才知道那是非常痛的。翡翠还那么小，她只是一个婴儿，大人应该好好照顾婴儿，就算他们哭闹，大人们也要好好照顾他们，怎么可以让他们那么痛呢？"

"那种事情不应该发生的，那种事情绝对不应该发生。不应该发生在翡翠身上，也不应该发生在你和琥珀的身上。"

"艾里小姐说我们一定得那样做。他们并不是每次都会那样做的，但是每次他们的面孔在电视上出现时，我知道事情就要发生了。"

"不对，你们根本不必那样做，洁蒂。他们所做的事情是错的。

把他们的手指放进你的阴道里？还有你的肛门里？男人们还把他们的小鸡鸡放进去？你刚刚说的就是这种事情，对不对？"

"你相信我吗？"

"相信，我百分之百地绝对相信。"

洁蒂的脸上突然出现一种如释重负的表情，但是我的表情却越来越沉重。

她微微地笑着，用力点点头："没错，你可以阻止他们，对不对？我告诉过琥珀，我说如果我们把这件事告诉你的话，你一定可以阻止他们的。"

"你相信我，我一定会的。现在，我们要做的第一件事就是下楼把这件事情告诉蒂伯金校长。或许这是最有效的方法。"

洁蒂不解地说："蒂伯金先生？你什么意思？"

"呃，首先我们得告诉蒂伯金先生，然后——"

"不可以，"洁蒂哭喊着打断我的话，"不可以，我们不可以跟任何人讲，我们不能把事情说出来。我们只能告诉你，就只有你，我唯一想要告诉的人就只有你。"

"洁蒂，我们必须把事情讲出来。"

"不可以。"

"洁蒂，我们必须要那样，我们必须要求救。那些人对你对琥珀还有对翡翠做的事情是不对的，根本就是大错特错，我们一定要阻止他们。"

洁蒂陷入一种前所未有的恐慌中,她惧怕地从长椅子上跳了起来:"不可以!你不可以告诉任何人,难道你还不明白吗?如果你告诉别人,我就会死掉,我是说真的,我真的会死掉,你也会死掉!哦,求求你,你不能告诉别人,你不可以!求求你不要。求求你,求求你,求求你,求求你!"惊慌失措的她,突然冲向门口,发现门上了锁,又冲过来在抽屉里慌乱地找钥匙,好不容易找到钥匙,却又掉到地上,她的手抖得几乎使不上力气。这一切表明她承担的秘密实在太多了。洁蒂跪下来,双手掩面,悲痛地哭泣起来。

我起身走到她的身边:"甜心,起来。"我把她抱起来,在我的怀里,她依旧剧烈地颤抖着。

"求求你,求求你不要告诉任何人。不要让他们知道我把这件事情说出来了。要是你真的把这件事情说出去,我一定会死掉。求求你,不要。答应我,求求你答应我。"

"好吧。"我说,看到她极度惊慌的样子,一时之间我也不知道该怎么说才好。

"我只是要你阻止他们就好了,"她含着眼泪说,"可是我不要你去告诉任何人。如果艾里小姐知道我把这件事情告诉了别人,她会把我弄死。"

"可是,甜心,请你明白,这种事情不是我一个人的力量可以阻止的。"

"你可以的,我知道你一定可以阻止他们的。你是上帝。"

"哦,甜心,我不是上帝,我只是一个凡人,和你一样都是平常的人而已,有时候我也会需要别人的帮助。"

"可是我要你当上帝啊!"她说着说着,眼泪又簌簌地流下来。

其实,我自己也很想哭。

第 10 章

刀疤

"这是什么呢？"我惊讶地问，同时伸出手指把她的内裤稍稍往上提起。那是一个淡红色凸起的痣，是一个受伤后留下的疤痕，我觉得好熟悉，好像曾经见过似的——一个被圆圈围起来的X。"这是什么？"我问。

"圆圈里的X符号。"

坐在衣帽间里，我无法抑制起伏不安的情绪。我的脑海中只盘旋着一个问题："我该怎么办？"可恶的是我也找不到答案。

虽然这其中有很多情节交代得不是很清楚，但是我几乎可以百分之百确定洁蒂的确遭到了性虐待。如果她说的事情属实，那么在法律的规定下，我有义务要把她告诉我的一切向警方报告。回过头，我注视着洁蒂刚才离去的那扇半开着的门。我该怎么办才好？她的口气是那么的坚决，坚持这件事情绝对不能传出去，那我又有什么权利可以扩大事态？但是反过来说，我明明知道有个孩子正在受难,却袖手旁观不出面阻止,让事情继续发展,那我的良心又怎么能安宁呢?以后我又该如何面对我自己呢?

然后,一如以往,我心中的疑虑又开始出现。除了洁蒂说的那些故事之外,我并没有掌握其他线索。我不知道参与其中的还有些什么人,以及事情发生的地点是在什么地方。再者,除了性虐待,我不知道是否还发生了其他的事情。我掌握的证据也实在少得可怜,又怎么能够要求警方起诉那些人呢?

更糟糕的是,我担心一旦把这件事情向警方报告,我和洁蒂之间的关系就会完全瓦解。如果我真的那样做,无疑是把洁蒂对我的信任破坏殆尽。这样,她是否还会愿意把事情完整的经过告诉我呢?到时候她是否愿意把事情告诉警方或社工人员呢?

反反复复地想着这些问题,越想心越乱,最后我带着满脑子的困惑回到家。我能做什么?我该如何面对这种情况?我是否该保持沉默好换得更多的隐情?或者我应该找以前的同事寻求建议?我是不是该把事情告诉上级?我真的是有口难言,痛苦得有如背着沉重的十字架,不知道痛苦的深渊到底有多深。

整个晚上我都失魂落魄,无法入睡。躺在黑暗中,耳边一片寂静,脑海里全都是洁蒂和她两个妹妹的身影。最后我又想到汉斯提到的恶灵之说,问题是,对这种事情我根本一无所知,又怎么能使得上力?想来想去,唯一能够获得这种知识的地方,也就只有汉斯提到的那家书店。最后,我决定第二天一大早就采取行动,开车到汉斯所在的城市一探究竟。

我非常感激汉斯愿意陪我去那家书店，因为我实在没有勇气走进去，害怕问到自己无法承受的结果。一走进店内，汉斯便扯开嗓门喊着："嘿，布兰达，还记得我吗？对，就是汉斯，还记得吗？"

柜台后的那个女孩抬起头来，露出一脸友善的微笑。

"这就是我跟你提到过的那个女人，"汉斯对我说，"布兰达是个女巫。"

"这位是我的朋友，桃莉。她想要找一些有关恶灵方面的书籍，我跟她说来这个地方找准没错的。"

布兰达听了，眼睛为之一亮："很好，请跟我来，我告诉你们那些书的位置。你找这类书找很久了吗？或者你刚开始寻找？我可以推荐一些这方面很棒的书。"

我摇了摇头："不，我对那方面的知识了解实在很有限。"

"这么说来汉斯可真是说对了，你真的是来对了地方。在这个架上还有那边那个架上都摆着这类书籍。"

"假如我……"我顿了顿，"假如说我想要认识某个在这方面非常专业的人……这个城市里有没有这样的人呢？我是不是能够找得到呢？"

布兰达仔细地打量着我的脸庞："也许可以。"她的话语中透着一股挑战的味道，或许是因为她觉得我舍近求远。

"基本上，我需要的只是一些可以解开我心中困惑的东西。我对这方面的知识可以说一窍不通，我知道的都是从报纸上得来的。我想我需要一套比较完整的资料。"

"你这个想法不错，"布兰达答道，"道听途说毕竟不是好办法。其实大部分人都是从报纸上读到有关这方面的知识，但是报纸为了增加销售量，往往会做些不正确的报导。人总是把异教视为恶灵，事实上那是不正确的观念。它也是宗教的一种，任何人都有信仰它的自由。"

我们在店里浏览了一个多小时，我也买了一些我需要的书，然后我们到一家咖啡店用午餐。

"你真的相信这个世界上有魔鬼吗？"他问。

"我想我信不信其实不是很重要，重要的是洁蒂身边的那些人相信它的存在。"

"可是你相信吗？"

我耸了耸肩：" 我相信邪恶，但我并不真的认为这个世界上有永久的实体存在。可是我真的不知道，对这类事情我向来抱着不先入为主的观念，尽量以开放的心态来对待。你为什么会这样问？"

"很多人相信魔鬼真的存在。一旦你沉迷其中，就会发现有很多同道，尤其是在像贝京市这种小地方。在他们的教堂，你更可以看出他们对魔鬼的相信程度……"

"你未免太夸张了吧，汉斯，"我说，"我只是在找一个可能的解决方法。我这个不信魔鬼的人现在正身陷其中,甚至不确定自己这样做到底对不对。可是为了洁蒂……"

汉斯体贴地点了点头:"是的,我明白。"

到了星期一,虽然我还是不知道该怎么处理这件事,但是思绪已经平静了许多。

星期四,轮到我在操场上监督小朋友们活动。大部分时间小朋友们都相处得很和睦。洁蒂和杰罗米早就跑到操场的角落玩他们自己的游戏,鲁宾和菲利浦在荡秋千,布鲁斯和幼儿园的一位老师一起玩沙盒。我独自一个人站在一旁,关注着孩子们,随时提防他们做出什么危险的事情来。突然间,一只体型颇大的猫从猴子单杠的地方跳出来,我有些不解地赶快过去查看。

"琥珀·埃科德受伤了!"一位幼儿园的老师大叫着,"她的血流得到处都是。"

我推开围成一圈的小朋友,看到琥珀双手捂着嘴巴不停地呜咽,手指流着血。

"她从正上方,猴子单杠的正上方掉了下来,"一个小男孩激动地边说边比划,"她真是太不小心了。"

"起来,甜心。"我安慰着她,鼓励她站起来,可是她一动也不动。于是我把她拉了起来,然后抱到医务室。

琥珀脸上的伤并不很严重。她的鼻子上有一道小小的刮伤,不过她上唇的那道伤口就比较深。幸运的是，她没有出现骨折的迹象。离开那些惊慌失措的小朋友，琥珀的情绪立刻平静下来，从我手上接过干净的棉布，面无惧色地压在伤口上，她这个动作让我感到有些惊讶。

"你很勇敢，一点都不害怕，"我说，"我相信这一定非常痛。"

她点了点头。

"你几乎没有哭，而且也知道怎么处理你的伤口。对一个6岁的小朋友来说，这是很棒的表现。"

"我很勇敢。"她把布块换了边，又压在伤口上。

"我看得出来你真的很勇敢。"

"我就像希瑞——力量公主，她是全世界最勇敢的女孩。"

我对她笑了笑。

"她总是把魔鬼打败，那就是为什么我会那么喜欢她。那个魔鬼老是想害她，可是到了最后她都会把他打败。"

"那是你最喜欢看的电视节目吗？"

琥珀激动地点了点头。

我取走她手中的那块布，换另一块干净的给她："你看很多电视吗？"

"是的，我很喜欢看电视。"

我望着她说："你看过《达拉斯》那个电视节目吗？"

她皱着眉头，然后摇摇头："我觉得那是大人看的节目。我大部分时间看卡通节目。"

"我只是有些搞不清楚，洁蒂好像会看那个节目。"

"洁蒂看了很多不健康的节目，我妈妈总是为了这件事情骂她。"

我开始为琥珀清理脸部。她坐在医疗台上，两条腿悠闲地晃来晃去，嘴唇肿得有如核桃般大。

"我觉得有些好奇，"我用平常的口气说，"你姐姐的朋友泰希是不是常常到你家玩？"

听到我这样问，她立刻瞪大眼睛，用奇怪的眼神看着我，然后她露出一丝笑容："泰希并不是真的。难道你不知道吗？泰希只是个假人，那是洁蒂讲话的对象。"

"一个虚构的朋友？泰希不是真实的女孩子？洁蒂还有没有其他的朋友呢？"

琥珀耸了耸肩："洁蒂的行为和别人不一样，我妈说那是因为她出生的时候胎位不正的关系。"

"原来如此，"我再一次检查她脸上的伤口，直到所有伤口都不再流血，便拿走她手上的棉布，"好了，都弄好了，我想你已经没有问题了。"

"可是，还有我的膝盖呢？我的膝盖也受伤了。你看，看到了没？我的裤子都被流出来的血给弄湿了。"

忙着清理她脸上的伤，我把她膝盖上的伤给忘了。把她抱起来查看了一番，我说："看来你得把裤子脱下来才有办法清理伤口。"

"我在学校里是不可以脱衣服的,我要先问过我的妈妈才行。"

"琥珀,现在这种情况下我相信没有关系。你如果不脱下裤子,我就没有办法帮你擦膝盖上的伤口。"然后我伸出手把她的裤子给拉了下来。

这时我注意到她的皮肤上有一个淡淡的痣,其中一半被她的内裤给遮住了。"这是什么呢?"我惊讶地问,同时伸出手指把她的内裤稍稍往上提起。那是一个淡红色凸起的痣,是一个受伤后留下的疤痕,我觉得好熟悉,好像曾经见过似的——一个被圆圈围起来的X。"这是什么?"我问。

"圆圈里的X符号。"

我的心剧烈地跳动着,不过我还是努力地克制,因为我不能够就这样被吓住,还有更重要的事情等着我解决。

我第一眼看到琥珀肚子上那个符号时,差点把胃里的东西全都翻了出来,我的耳朵轰轰地鸣叫着,我的心脏差点就从喉咙里跳出来。就是它,它就是证据,洁蒂说的那些话的证据就在这里。一股深深的恐惧袭上心头,想到这件事情一旦传开,各单位——警方、社会服务机构、法院、媒体等都将涉入其中,想到从此刻开始,我再也不能犹豫,再也不能置身事外视若无睹,我耳朵中的轰鸣声消失了,我急速的心跳也平息了。

"我觉得我们要请蒂伯金先生来一下。"

一听到我这样说,琥珀立刻哭了起来。

"没关系,甜心,没有关系的。你没有做错什么事,我只是觉得我们最好请蒂伯金先生过来看一下这个符号。"

"为什么?"她问。

我请露西暂时帮我照顾班上的小朋友,接着到校长室把蒂伯金先生请了过来。我随手在他的身后把门关上,然后走到琥珀的身边。

"这个符号在这个地方已经很久了,"我说,"虽然这个伤已经好了,但是它不是不小心划伤的,而是有人故意刻上去的。"

"这个符号是怎么来的,琥珀?"蒂伯金先生问道。

"我不知道。"她怯怯地说。

"哦,别这样,甜心,我觉得你应该知道的。"

这番话让她禁不住呜咽了起来。

"'圆圈里的X符号',她就是那样说的。"我转身向蒂伯金先生解释着。

他温和地笑了笑,伸手拂开垂在琥珀脸上的头发:"没有人会生你的气,甜心。我们是来帮助你的,所以你一定要让我们知道到底发生了什么事。"

"我不应该说的。"琥珀含着眼泪说。

"你把事情告诉桃莉和我绝对没有关系。告诉我们到底发生什么事了,甜心。"

琥珀紧张不安地咬着下唇。

"为什么你不应该说出来呢?"我问她,"是不是有人警告你不可以讲?"

沉默了好一会儿之后,琥珀终于点了点头:"我妈妈警告我不可以讲。"

"为什么她要那样做?"

"因为这是我姐姐弄的,因为我姐姐到厨房拿了一把刀子,然后在我的肚子上刻了这个符号。"

"洁蒂刻的?"我不敢相信地问。

琥珀点了点头:"我妈说,洁蒂做出了一些可怕的事情,如果我们不好好照顾她,他们就会带走她。妈妈说,我不可以把洁蒂做的事情告诉别人。"眼泪又簌簌地流下来,"因为如果她真的被带走的话,那就是我害的她。"

蒂伯金先生转过头来看着我,看看我对这件事情有什么反应。对于这个出其不意的结果,我只能瞠目以对。

"请你把你的衬衫脱掉。"蒂伯金先生说。琥珀听话地把衣服脱下来。然后蒂伯金先生开始细细地检查起她的背部、手臂,都没有找到那个符号。接着,他又拉下琥珀的裤子仔细检查了一番。除了原先看到的那个符号之外,其他都很正常。"我想,我们得看看洁蒂才行。"说完他便转身离开。

医务室只剩下我和琥珀,我看着她:"你身上的那个符号真的是那样来的吗?"

琥珀无力地望着我:"是的。"她的声音轻得几乎听不见。

"我们需要事实,琥珀,真正的事情经过。"

她的眼中又充满了泪水。

"你必须告诉我们事情的真实经过。我要知道事实,而且我一定有办法可以知道真相。可是如果你能够亲口告诉我,那就再好不过了。"我虽然非常同情琥珀当时的境况,但是我的话语中还是带有些许威胁的意味,我想这样小朋友们才会把我的话当真。

"是洁蒂做的。"

我没有说话。

"洁蒂做了很多很可怕的事。有一次她还把我们家的猫咪给杀死了。"琥珀抬头望着我,"可是她也没有办法呀,谁要她就是那个样子。"

然后,蒂伯金先生把洁蒂带来了。

当洁蒂走进来看到站在医疗台上的琥珀只穿着一条内裤时,她的脸色马上一片灰白。有那么一会儿,她的脚步显得很不稳,好像要昏倒似的。

当蒂伯金先生要求洁蒂解释这一切的时候,洁蒂没有回答,好像完全没有听到有人在问她问题。她没有说半句话,没有点头,也没有任何举动。

"洁蒂,该是我们把事情的经过告诉蒂伯金先生的时候了。"我说。

"不。"那个声音飘渺得似乎不是从她的嘴巴里讲出来的,泪水从她的眼眶里滚了出来。她只是低着头,任由泪水滑落,也不去擦拭。

"拜托，洁蒂，我们得把所有的事情都说出来。"我站起来朝她走过去。

"不要！"她恳求地哭喊着。

"没有什么好担心的，甜心。"蒂伯金先生温和地说，"就像我们对琥珀说的，我们没有生任何人的气，我们只是想知道到底是怎么回事，就是这样而已。"

满脸泪水的洁蒂依旧低头不语。

"琥珀说这是你做的，是真的吗？"蒂伯金先生继续问她。

等了几秒钟后，洁蒂深深吸了一口气，然后抬起头来："是的，那是我做的。"说完便凄厉地哭了起来。

"唉——"蒂伯金先生意味深长地叹了口气，伸手摸了摸她。"这是很调皮恶劣的行为，是不是？我可以看得出来你明白做这种事情是不对的。你以后不会再对你的妹妹做这种事情了，对不对？"

洁蒂只顾着哭，对蒂伯金先生的话没有任何的反应。

"好了，别哭了，别哭了，"蒂伯金先生一手搂着洁蒂，一手摸着琥珀的肚子，"我想你做过这件事情后，你们的爸爸妈妈已经处罚过你了，所以没有人会再生气了。况且，伤疤看起来也不是很严重，只是一道刮痕而已，真的，而且也已经快好了。"他看了看琥珀："你的姐姐对你做这种事情是很不聪明的行为，对不对？"

她点了点头。

"好了，把你的衣服穿好，然后你们两人都可以走了。"

两个女孩走了以后，蒂伯金先生转过身来对我说，"我现在觉得你当初的质疑是对的。这段时间你真的是有口难言，对不对？"他顿了顿，然后说，"不过我认为这件事情并不是很严重。我敢说，在我小的时候，我还曾对我的弟弟做过比这还要糟糕的事情，我曾经拿一把刀从他的肩上划过呢，"蒂伯金先生自觉好笑地说着，"意外总是难免的嘛，我倒觉得手足之间并不需要太过追究行为动机。"他又笑了笑。

回到教室，我心中有百般的困惑，却不知道该怎么理清头绪。虽然说洁蒂失调的情绪一直影响着她说的话，但是我怎么也没有想到她本人才是整件事情中的加害人。被害人变成加害人，我真的不知道谁讲的话才是真的，不知道该相信谁才好。更让我感到不可思议的是，琥珀说洁蒂杀了她们家的猫咪。难道那只猫就是珍妮吗？我的直觉是我应该把心中所有的疑问直接向洁蒂求证，也许可以利用我们俩相处的时间来处理这件事。

洁蒂注意到我的情绪紧绷，所以那一整天她明显在逃避我。她这个举动只让我的情绪绷得更紧，越发凸显出过去那段时间她一直在欺骗我的事实。总之，我也不想去打扰她，因为我太清楚洁蒂的个性，如果她不想讲，我再怎么逼她也是没有用的。

到了星期五，情况依旧没有改变，她还是在躲我，不愿面对我。她总是趁着我和几个小男生在一起的时候，才过来找我，因为那个时候我无法和她单独交谈。其他时间她则会极尽可能地躲开我，不让我有机会和她讲话。

到了星期一，放学后我和布鲁斯的父母、他的小儿科医生、蒂伯金先生以及亚奇等人针对布鲁斯的问题开了个会。会后我走到亚奇的身边。

"听着，亚奇，我必须要和你谈谈洁蒂·埃科德的事情。我非常需要谈一谈。"

"唉呀——"她瘪了瘪嘴唇，对我做了个鬼脸，"你挑了个不太好的时机，非常不好，超级不好的时机。可不可以等到这个月月底？"

"我看不行，我真的等不及需要谈谈。"

"你是不是又打算来一次午餐约会或是晚餐约会什么的，是不是？"她若有所思地笑了起来，"桃莉，星期五晚上？可以吗？"

我别无选择，只得点头答应。

大家都离开后，我一个人留在教室里，拿出布鲁斯的档案记录今天开会的结果，接着整理了一下桌椅，关了灯，然后离开。

来到停车场，我径直朝着我的车走去。打开车门，把东西放在座位上的时候，我的眼角余光瞄到洁蒂的身影，她就坐在我的车和隔壁那辆车之间。

"哟，你差点把我给吓死了。"我说，"你在这里干什么？要不是我及时看到你，你有可能会被我的车子撞到。"

"到时候我会闪开。"她喃喃地说着，但是她还是一动不动。

我们注视着彼此。

"我可以和你说说话吗?"她终于开口说。

我回头看了看校区,知道校工可能已经锁门了。"你要不要到我的车上来呢?"我问。

"我不要任何人看到我。"

"好吧,那你进来,我们把车开到别的地方。"她迅速跳起来打开车门。

我不知道该带她到什么地方。以往,我会请这些不愉快的孩子们到麦当劳大吃一顿,可是贝京市这个小地方根本就没有速食店,只能开着车子在路上一圈又一圈地转。

最后,在找不到合适地点的情况下,我实在受不了了。我把车停在一个加油站,然后下车买了两罐饮料。

"拿去。"我说,然后把车开到超市附近的一个停车场。

洁蒂看着那瓶饮料,"我不喝柳橙的。"她说。

"你喜欢喝可乐,对不对?"

"我妈妈不让我们在吃饭前喝饮料的。"

"很好,那我就可以喝两瓶了。"

她没有开那瓶饮料,也没有说话。

"你不是要说说话吗?"

洁蒂还是没有说话,只是静静地看着窗外的夜幕。

"我们马上就要走了,"我说,"你的爸爸妈妈并不知道你来这里，所以我不太放心。"

"他们不会担心我的，我告诉他们我要到里奇家中去。"

然后我们谁都没有开口说话。默默喝完手上的饮料，我把铝罐捏成一团："我不知道你心里在想什么，可是我没有把你告诉我的事情告诉蒂伯金先生。"

洁蒂只是稍稍抬头望着我。

"这些天来，你是不是为这件事情感到非常困扰？"我说，"你是不是认为是我讲出去的？你是不是觉得这个游戏已经玩完了呢？不，我没有。我发誓没有说出去，我没有食言。我无意中在琥珀的身上发现了那个符号。到目前为止，蒂伯金先生还不知道你曾经跟我讲过些什么事情。"

洁蒂还是没说话。她凝视着手上那罐饮料好一会儿，然后打开饮料，大声喝起来。

"当我在琥珀的身上看到那个符号时，我请蒂伯金先生过来看，因为我觉得那是把事情公开出来最好的办法，这样他们就不必对你盘问一大堆的事情。你看，真的没有人生你的气，要是琥珀身上的那个符号不是我发现的，而是别人发现的，那么情况可能就会不一样了……可是……"

洁蒂还是大声喝着她的饮料，对我的话置若罔闻。气愤难当的我，发动了车。

洁蒂迅速抬头望着我。

"我会开回学校的停车场,然后在那里让你下车。"

洁蒂的脸上泛起一股绝望的表情:"你不相信我,对不对?你相信琥珀。"

"相信你?你一句话都不说,叫我该相信什么?我唯一不相信的事情是你说你要谈谈。如果你真的要谈谈,你早就开口说话了,可是,我们在做什么?什么都没做……好了,小姐,学校已经放学,你该回家了,也是我该做自己的事情的时候了。"

"我并没有在琥珀的肚子上画那个符号,是苏·艾伦做的。琥珀就快死了,就像泰希那样,所以苏·艾伦才会在她的肚子上画那个符号。她是用刀刻上去的,我以前跟你讲过这件事,一把像这样的刀。"洁蒂用手指在裤子上画着,"那把刀的刀柄上还刻有一种奇怪的花纹,还有非常锋利的刀刃。他们就是用那把刀子杀泰希的。插到她的喉咙里,就在这个地方。"

"但是琥珀为什么说是你做的?"

"因为她必须那样说,因为他们叫她必须那样说。"

"那你又为什么承认是你做的呢?"

她低下了头,瘪了瘪嘴唇,"因为我必须那样说。"她轻轻说道。

我叹了口气,关掉引擎,默默地凝视着外面偌大的停车场。

"你相信我吗?"好一会儿后她抬起头来问我。

"说实话,洁蒂,我不知道我还能够相信些什么。"

"你不相信,对不对?"她喃喃地说,"你觉得这些都是我编出来的,你一定觉得我疯了。"

"我没有那样说,我是说不知道自己还能相信什么。此刻,我真的不相信。"

她不小心把饮料喷到她的手上。

"琥珀说你杀死了你们家的猫咪。"

"我没有!"洁蒂惨叫一声。

我注视着她。

"我没有!她在说谎。难道你看不出来她在说谎吗?"洁蒂的眼泪夺眶而出,"我才是想要救珍妮的那个人,我告诉过你的,我那样做都是为了珍妮。"

"可是琥珀还那么小,她为什么要撒那样的谎?她又怎么知道所有的事情?"

这一切对洁蒂来说似乎是太过沉重了,她悲切地哭着。

"她那样说是因为她觉得猫咪是我杀的,因为艾里小姐说是我杀的。那时我躺在地上,他们把珍妮放在我头顶的上方,巴比和克雷顿抓着她。我没有穿衣服,然后他们把珍妮放在我的肚子上,我好害怕,害怕得一直尖叫,可是艾里小姐叫我不要叫。接着他们用珍妮的尾巴搔我尿尿的地方,我以为他们要把珍妮的尾巴插进我尿尿的地方,我不喜欢他们那样做。本来我以为珍妮会抓我,就在那时,艾里小姐命令杰亚和雷抓住珍妮的另外两只脚。他们抓住珍妮的脚后,便使劲地开始拉扯。"洁蒂哭得上气不接下气,"他们一直拉,最后把珍妮的身体拉裂开来,它的血不停地流到我的肚子上,它的肠子也掉到我的肚子上。然后艾里小姐就说珍妮会那样全都是我的错。"

这番话听得我全身动弹不得,我的喉咙干渴得讲不出话来,我的胃在剧烈翻滚。坐在我身边的洁蒂努力控制着她的泪水,她闭上眼睛,双手用力揉着太阳穴。

"洁蒂,你一定要把这些事情说出来,"我平复了嗓音,终于脱口而出,"这种事情不能再继续下去了,我们一定要把它公开出来。"

"我不能说。"

"你能,你能说。如果你告诉我的事情都是真的,那么你就得去阻止事情继续发生。单靠我一个人的力量做不到,我们必须阻止他们,可是没有你的帮助我没有办法做到。那些都是不对的事,都是坏事,可怕的事,而且这种事情根本就不应该发生在任何人身上。"

"我不能说。"她再次说。

"那么,这样好了,既然你不能说,那么就让我来说。"

洁蒂并没有立刻回答我,她低下头沉思。

"我不能说。"她淡淡地说。

我转过头看着她:"你不会死。不管是谁说你会死,你都不要相信,他们绝对是错的,因为再也没有比发生在你身上的那些事情更可怕的了。艾里小姐做的事情才最可怕,再也没有比那个更可怕的。"

"可是到时候警察会来,他们会把我们关起来的。"

"小孩子不会被关起来,甜心。"

"可是他们会把我的爸爸和妈妈抓去关起来,也会把我和妹妹带去孤儿院或儿童之家,到时候我们就再也看不到家人了。"

我轻轻抚摸着她的背:"这才是你心里真正担心的,对不对?"

"真的会那样吗?"

"你的爸爸和妈妈是不是也做那种事呢?他们知不知道艾里小姐做的事情?"

"每次发生那些事情的时候,我的爸爸和妈妈都已经睡着了。"

"警察的工作就是要人遵守这个国家的法律。我们的法律中有一条这样说,伤害小孩子是错误的行为,所以如果有人伤害小孩子,警察就必须阻止他们,但是这并不表示警察就一定会把他们关起来。要不要把人关起来不是由警察决定的,是由法官和其他一些人决定的,这些人会在法庭上集合,然后做出一个对所有人都有利的决定。"

"那小孩子们会怎么样呢?"

"嗯,他们需要待在一个安全的地方,这个地方通常是一个寄养家庭,就像菲利浦住的那个地方,然后会有寄养家庭的爸爸和妈妈来帮助小孩子们,帮助他们不要再受到过去那些事情的困扰。"

"我不要那样,我要和我的家人住在一起。"

"假如你的爸爸和妈妈没有参与这件事情,也许你们还是可以住在一起。"

"可是，在那之前我们是不是会先被送到儿童之家呢？"

"你们有可能会离开一小段时间，但是不一定会住在儿童之家，很有可能会住在寄养家庭，到时候你就会知道寄养家庭的爸爸和妈妈有多爱你们了。"我看看她，"真的，洁蒂，那样总比现在这样好吧，是不是？"

"我不要被带走，我不要琥珀和我还有翡翠住在不同的地方，我不要看不到我的爸爸和妈妈，我不要任何人被关起来，我什么都不要，只要让他们不要再这样就好了。我就只有这个要求而已。"她抬起头看着我，"这样是不公平的，为什么这种事情得要我来决定。"

我凝视着她的双眼，阵阵绞痛袭上心头。她只不过是个 8 岁的孩子，却必须承受这么多，而我这个成年人竟然无能为力。对于她这个问题，我无言以对。

第11章

车轮下的娃娃

"那个娃娃和你长得很像,对不对?一旦你摧毁了自己的图腾,也等于摧毁了你自己。他们一定对那个娃娃施了很重的法术,目的是要制造一种主动牺牲的假象。他们要你自己走向自杀之途。"

和亚奇在餐厅碰面,点好了菜,我直奔主题。

"说我和洁蒂之间有问题还不足以形容情况的严重性。"我劈头便说。

"这点我绝对同意,我想我们都一样。"亚奇说,"葛伦上个星期跟我提到过一些,说你非常专注洁蒂的问题,他倒是有些担心你。"

"蒂伯金先生跟你那样说?"

亚奇点了点头:"我想他是担心吧。自从去年洁蒂老师的事发生以后,蒂伯金先生自然会对学校的老师们比较关心,那是可以理解的。不过我要他不必担心,因为你是一位经验丰富又具有专业素养的老师,如果你遇上什么麻烦,你知道该如何求援。你不会笨到要靠个人的力量去解决这个世界上的问题。"她抬头看着我,"我猜我应该没有说错吧。"

她的这番话让我感到有些不好意思,蒂伯金先生担心我?难道我最近的表现失常了吗?完全失去控制了吗?

"你不会真的在这件事情上失去方寸吧?"亚奇问我。

"不会的,我很好。只是洁蒂·埃科德……我一直在想,我终于搞清楚洁蒂到底发生了什么事,而且就快要找到一个解决问题的办法,然而就在这个时候,噗!一切都烟消云散,一切又回到原点。老实说,我以前处理过那么多的案例,但是从来没有像这次这样让我举棋不定、犹豫不决,也从来没有觉得如此无助过。"

"我想葛伦真正担心的是,你从来没有把你自己的这种状况告诉我们。面对一些自己无法处理的事情,人们往往会感到非常沮丧和挫败。"

我思考着她说的这些话。如果她指的是因为我没有在教师休息室中和其他老师讨论洁蒂的问题,所以我才会孤立无援,那么我必须承认她说得对;但是,说我不给任何人机会来帮我,这我绝对不能认同,要不然此刻我和她坐在餐厅里又是为了什么呢?

亚奇看出了我不自然的反应:"好吧,我洗耳恭听,我该如何帮你?"

"她遭到虐待。"

"是的,我记得你曾经跟我提到过这一点。你是否掌握了什么证据?"

"没有,要是得不到洁蒂的支持,我就没有办法得到任何具体的证据。"

亚奇皱了皱眉头。

"想要从洁蒂身上磨出一些证据是很耗时的工作。她总是可以把事情的细节描述得一清二楚,详细到你相信那些故事都是真的,因为像洁蒂这么小的孩子,不可能编出内容那么详尽的故事来。可是,当你问到一些基本的内容时,如人物、地点、时间等,她似乎又一无所知。我是说,我知道的只是一个小女孩告诉我她和妹妹是如何受到骚扰,然而她却不能告诉我是谁在骚扰她们。"

"她不知道是谁在虐待她们?难道对方是陌生人吗?"

我摇了摇头:"不,她知道的只是那些人的假名,我猜是某种代号。她谈的虐待是一种非常非常严重的虐待手段,问题是她只知道那些人的化名。"

"那些人都是真实存在的人吗?"亚奇的口气中透露出怀疑。

"我想他们都是真实存在的人,"顿了顿,我又说,"我要说的重点是……我知道我接下来要说的话或许会让人觉得不可思议,可是如果我希望在需要帮助的时候能够得到适当的帮助,我最好还是说出来。"

亚奇好奇又不解地看着我。

"洁蒂提到的一些事情……呃，我去年暑假回到我以前工作的地方住了一段时间，也和我的一位男性朋友谈到洁蒂的事情……他带我到一家书店买了一些书……我把这些发生的事情拼凑在一起……我在怀疑……她是不是遭受到某种……呃，某种宗教仪式的虐待。"

"什么？你说什么？"

"我知道这似乎很疯狂，这也就是为什么我一直没有和别人讨论这件事的原因。因为，每次只要一往那个方向想，我就会觉得自己太疯狂了。"

"你的意思是说像是崇拜撒旦之类的那种仪式？"

"恶魔崇拜。你看，在洁蒂的画中总会出现这样一个符号，我的那个朋友也曾跟我提到过那个符号，他说那是黑弥撒的象征符号。然后，我在几个星期前又到那家书店去，我在那里找到了一些书，而在一本书中……"

亚奇手上的叉子突然掉到盘子上。

"洁蒂说的有些状况和这里面的描述十分吻合，当然不是所有的情节都一样，其中最大的不同是洁蒂从来没有提到过撒旦或是大师之类的人物，但是她提到的那个女人——艾里小姐——似乎就是那个活动的首脑人物。总之，他们的很多行为都和这本书的内容不谋而合。比如，书里谈到那类团体经常给小孩子吃一些合法和非法的药物，洁蒂说艾里小姐总是在半夜叫醒她们，然后给她们喝可乐。也许他们事先在饮料中加了药，正因为如此，所以洁蒂才会记不得自己是怎么到那个地方的。"

"那么你对泰希又有什么样的看法？"亚奇问道，"你认为泰希是真人吗？这个'团体'谋杀了一个6岁的小女孩，但却没有人知道这件事？没有任何人向警方报儿童失踪的案子？没有任何的证据？难道她没有报过户口吗？难道说她都没有上过学，甚至幼儿园吗？"

"哦，这本书里面谈到'幼马'，指的是某种女人，尤其是那些家中的婴儿即将被用来当祭品的女人……"

"我们现在谈的并不是婴儿，桃莉。我们谈的是一个6岁大的小女孩，一个就读小学一年级的小女孩，一个大到可以自己去面对医生、老师以及其他成年人的女孩。如果说那些人真的拿活人来当祭品，我不认为他们会选择一个6岁的小孩，那并不是个好选择。"

亚奇的表情充满怀疑，言语中也满是武断，她的自信让我觉得自己是那么的无知，竟然会去相信这种邪说。恐惧和担忧让我变得如此愚蠢、如此不专业了吗？

"我的意思是说，我并不完全迷信这种东西，"我急忙解释，叹了一口气继续说，"我不知道，我只觉得这时的我就好像是一个溺水濒死的人，即使是一根稻草都会被我视为一根救命的浮木。"

亚奇松了一大口气："老天，你刚才真的把我吓了一大跳，我刚才还在想：完蛋了，她已经走火入魔了。"

"我觉得我的看法和你一样，"亚奇说，"这件事情应该是真的存在，而不是编造出来的，只是真相到底是什么？我很不确定，我唯一能够想到的就是，我们不知道谁在虐待洁蒂。也许是她爸爸，也许是她爸爸和妈妈，而她根本就无法去面对那样一个残忍的事实，所以才会创造出那么多的人物，目的是为了让她的心理能够平衡，能够去调适自己的父亲或者母亲既是她的加害者也是她最爱的人的事实。而且我也非常同意你提到的最棘手的难题：在洁蒂没有明确指出该为此事负责的人是谁之前，我们根本无法采取进一步的行动。"

"你觉得完全没有希望吗？即使只是一点点希望？也许洁蒂会把事情的真相说出来，会把那些人说出来？"

"拜托你不要天真了好不好。以你丰富的教学经验、你的背景、你游历过那么多的地方，还有你对证据的掌握程度，是真实的证据，而不是道听途说，你可曾陷入现在这样的处境？换个角度来说，你曾经治疗过那么多的小孩，可曾见过哪个小孩发生过恶魔附身的事情，或者是幻想血、怪兽等等的东西？"

我不得不承认我的确从来没有碰到过那样的案子。

"再说，在贝京市这个小地方，一个那么大的团体怎么可能逃得过别人的耳目而不被发现？你知道这个地方，别人的事就是我的事，别人的事就是所有人的事。"

"可是事情的确是发生了呀。"我说。

"没错，事情的确是发生了，这点我没有否认。可是你不要忘了我们是专业人员,桃莉。这世界上不知道有多少人被异术邪教冲昏了头。可是,你我的责任就是保持理性,依据我们所受的教育标准,来判断那些事件的真伪,然后为孩子们寻找他们最需要的帮助。"

我点了点头。

"就洁蒂这件案子,真正的问题是,洁蒂是个病得不轻的孩子,"亚奇说,"当葛伦告诉我琥珀肚子上的那个符号时,我胃里面的东西差点没全部吐出来。我是说,你能够想象她做那件事情时的情景吗?把琥珀压倒,然后活生生地用刀子在她的肚子上刻上图画?当然,还有另一个问题我们必须扪心自问,这样的孩子在学校的时候是不是也会对我们的人身安全造成威胁?我们眼前就有一个孩子一天到晚幻想着人从电视机走出来,然后跑来骚扰她的妹妹。她亲眼看到一个小女孩被杀死,然后把那个女孩付诸鬼魂之说,最后把自己也幻想成为一个鬼魂。现在,她把琥珀也拖下水。我是说,如果你是家长,当你发现某一个学生有这种伤害人的倾向时,你又怎么能够安心让你的孩子在这所学校上课?"

我仔细思考着亚奇的这番话,觉得十分中肯,同时也把我的情绪及心态都拉回到现实理性的状态。

"我唯一能够想到的是,我们应该请她的父母亲来开个会,并且坚持他们一定要带她去看精神科医生。在洁蒂 5 岁大的时候,他们曾带她去看过一阵子的医生,但是由于路途遥远,再加上花费昂贵，后来也就中断了。不过在治疗的过程中，洁蒂从来没有开口和那位治疗师说过话。如果洁蒂的情况还是无法改善，我倒觉得我们应该建议埃科德带洁蒂去做短期性的治疗。或许这是目前我们唯一能够想到的解决之道。"

"没错，这也许是个很好的办法。"

"而且这个办法也可以卸下你肩上沉重的负担。如果她能够和治疗师建立起很好的关系，那么你便可以不必再花那么多的时间和精力去辅导她了。"

我点了点头。

感恩节的周末即将来临，学校要举办一场大型的庆祝活动。全校师生都将积极参与，各个年级的孩子到时候都要表演自己的节目。经过一番热烈讨论，我们一致决定要推出一个原住民的节目，然后利用星期一和星期二放学后的时间在大礼堂排练。

"我是真正的原住民，而且是这里唯一的一个。"当我们都围着桌子坐下来的时候，杰罗米兴奋地说道。

"其实，我们的学校中有不少小朋友都是原住民同胞的，杰罗米。"

"对，可是我是这个班上唯一的一个。你看看他，他再怎么打扮也不像真正的印第安人。"他指着菲利浦的鼻子说。

其实我倒觉得他们扮起印第安人来都会很好看。

"我爸爸有真正的印第安头饰，"杰罗米说，"我是说我的亲生父亲,不是现在和我妈妈住在一起的家伙,那个家伙是个大笨蛋,一点也不好玩。可是我的亲生爸爸他有真正的印第安头饰。"杰罗米手舞足蹈地说着。

"那些头饰一定非常的漂亮。"

"也许他可以把那些头饰借给我,那我演戏的时候就可以戴上场。"

"这个办法非常好,我想我们就这样办吧。"

"什么?老天啊,女士,这可是件天大的事,哪是小孩子可以玩的游戏?"他拿着一些纸在鲁宾的脸上拂着。

"我的朋友,泰希,她以前有一双真正的印第安皮靴。"洁蒂突然插嘴说,她显然是冲着杰罗米来的。然后她把椅子往后一推,把脚放到桌子上,开始向杰罗米详细说着那双皮靴的样子:"那种靴子现在买不到。"

我稍稍抬起头看了她一眼。洁蒂在班上仍然很少开口说话,偶尔说话的时候还是显得很不自然。然而,这是我第一次听到她在衣帽间以外的地方和别人提到泰希,她的这个举动让我十分惊讶。

"哦,是吗,你认为那双靴子很棒吗?"杰罗米挑衅地问,"我真正的爸爸,他有一支长矛,一支真正的长矛,一支很久很久以前的长矛,那是他们最厉害的武器。"杰罗米越说越激动。

"好了,好了,各位,回到自己的座位上。"

"哦,女士,你真无趣,老是不能让我们尽兴地玩。"

放学前，孩子们小心地折好戏服又收到柜子里。当我回到水槽前洗我满是糨糊的手时，发现洁蒂正坐在她的位子上整理东西，她小心翼翼地抚摸着那件印第安服装。

"明天一定会很好玩的，对不对？"我说，"你是不是希望明天赶快来临呢？"

她耸了耸肩。

"你家里的人会不会来呢？"

"会，我妈妈会来。当然还有翡翠也会来。"

"那就太好了。"

此时放学的铃声响了，杰罗米来不及说再见便迫不及待地冲到门口。我追出去把他抓回来，要他和其他小朋友说再见后再上校车。

几个赶校车的男生离开后，我在洁蒂的面前坐了下来："我很高兴你还没有走，我要和你谈谈。"

洁蒂抬头看着我，神情中充满了戒备。

"你要不要到衣帽间里面？还是觉得在这里比较舒服？"

"我今天不能留下来，"她小心地说，"我妈妈今晚要带我和琥珀去买鞋。"

"好的，我只要几分钟就好了。"

洁蒂低头看着地板："我妈妈要带我们去买那种脚底下有恐龙图案的鞋子。"

"嗯，我想要说的是，我觉得你需要到精神健康诊所去看一下医生,就是你以前去过的那家诊所。你还记得那家诊所吗?"

洁蒂没有回答我的问话,只是安静地玩弄着她的鞋带。

"就像我们的身体一样,我们的感觉有时候会生病,当我们的感觉生病时,我们就要去看医生,这类医生的名称就叫精神科医生,他们会把我们的感觉治好。"

"我们要去买高帮的鞋子,琥珀也很想要,可是我妈妈说她还不可以穿那种鞋子,因为她不会自己系鞋带。她要买那种不用自己系鞋带的鞋子。"

"蒂伯金先生和彼德森小姐都很高兴我们能够进展到现在这个程度,可是他们也觉得我们的能力已经没有办法再帮你些什么了。他们认为,如果你能够去和一位比我们更能明白你的感受的人谈一谈,那么你一定会进步得更快。这不是一种惩罚,而且那位精神科医生是一位非常棒的人,她非常了解小孩。我也认为你去看医生是个很好的主意。你当然还会在这个学校上课,不过她可以帮我们解决很多功课以外的问题。"

"我非常喜欢那种鞋子,因为它会留下恐龙的脚印,就好像是恐龙在地上走过。"

"洁蒂!你到底有没有在听我讲话?"

她原本在鞋子上摸着鞋带的手指突然停了下来。"为什么我要听?"她的口气有些蔑视的味道,"因为我看得出来你从来不曾真心听我讲话。"

这个冬天的第一场大雪出现在星期三，纷纷扬扬的雪花使大地银装素裹。从我公寓的窗户望出去，竟然发觉眼前这个大雪纷飞的城市和平常的贝京城截然不同。

很幸运地，我班上的几个小朋友都照常来上课，连住得最远的杰罗米也来了。一进教室，他便说出了一个惊人的消息。

"我昨天晚上在电视上看到了你。"他兴奋地说。

"真的吗？"

"对啊，昨天晚上我在电视上看到两个女人在摔跤，其中有一个看起来很像你。我还对米卡说，'嘿，你看，那是我的老师！'可是米卡说那个女人可能不是你。"

我低头忍住笑，故意点了点头：米卡说得没错，那绝对不是我。"

"可是她真的很像你，"杰罗米不相信地说，"你确定真的不是你吗？"

"我确定，杰罗米。"

"不管啦，反正她就是和另外一个外国女人在摔跤。然后，当她把对方压倒在地上的时候，突然'嗖'的一声，她抽出了一把大刀，快速往那个女人的心脏刺了下去。我的意思是说，那个长得很像你的女人，她刺了另外一个女人。接着，我看到她一直在流血，血流得到处都是。真的好好看，你应该看的。"

"嗯嗯。"

"你确定那真的不是你吗？"

"绝对不是,杰罗米,我没有拍过任何电影。"

"我告诉米卡说也许你很会摔跤,我说你是很强的人,我知道。"他笑得好开心。

"你到底在哪里看到那个影片的?"我问。

"在我家的电视上。你知道,我妈妈的男朋友有这种朋友,有时候他会从他的朋友那里拿到一些不花钱的电影回家看。"

"然后你就和米卡一起看?"

"对啊,那些影片真的很好看。"他热心地说。

"你觉得他们做的那些动作都是真的吗?"

"你是说拿刀刺对方的动作吗?"

我点了点头。

杰罗米顿了顿说:"嗯,不是真的,可是也是真的。那些事情是会发生的,我想有可能是真的。我的意思是说,他们在电视上表演的动作有些是真的,有些不是。因为我觉得如果那些动作有可能发生的话,那么它们就是真的,所以我想有可能是真的。"

我瞄了洁蒂一眼,她低着头驼着身体坐在那儿。

整体上来说,这一天我们过得十分顺利。看到今年冬天的第一场大雪,小朋友们都显得异常兴奋,对于感恩节的4天假期更是充满期待。唯一没有显露出兴奋的只有洁蒂。她低着头,驼着身体,垂着双手,异乎寻常的安静。那天下午,我们加入其他班级的行列,认真表演我们前几天一直排练的节目,我们的演出博得了满堂彩。接着是家长们的表演时间,我们邀请小朋友们的家长来到教室展示他们的烹饪技巧。除了杰罗米之外,班上其他小朋友的家长都出席了。

洁蒂的母亲也来了,她不只带着翡翠,连琥珀也带来了,因为学校的幼儿园只上半天课,所以琥珀下午不必上学。面对这一家人,我总觉得聊不出什么,尤其是聊到洁蒂驼背的问题时,更是难以把话题打开。埃科德太太一面忙着和其他妈妈们制作饼干,一面又得忙着照顾翡翠,最后她干脆塞给翡翠一块饼干,让她自己在地上玩。

我站在教室的角落里,远远望着她、研究着她。难道她就是艾里小姐的化身?或苏·艾伦的化身?关上自家的门,她是不是会变成一只可怕的怪兽,残忍地虐待自己的小孩?

可是,研究了半天,我一点苗头也没看出来。她努力表现出慈爱和善的一面,但她的眉宇之间总流露出痛苦的神情。我总感觉埃科德太太的神情很专注,却并不是很用心在做事,总觉得她那种专注的神情是一种伪装,不过这些毕竟只是我的感觉。总之,我努力在她的身上寻找洁蒂故事中可能的蛛丝马迹。

在小朋友们都离开之后,我便加入教职员工聚会和大家一起喝咖啡聊天,然后便各自回家,结束了这有趣的一天。

整整一天的大雪未曾有片刻停歇,路上全是厚厚的积雪。由于风雪实在太大,能见度很低,即使雨刷不停挥动还是无法看清路况。我发动车子准备把车倒出停车场,没想到车子却打滑,试了几次还是不行,此时唯一的办法就是把车道上的雪铲掉。

下了车,我正打开后备厢拿铲子,突然惊讶地发现,在我的车右前轮下方有一撮金色的头发。我冲过去想要把它拉出来,可是怎么拉也拉不出来。

"那是什么东西?"

突如其来的声音吓了我一大跳,转头一看,露西就站在另一辆车的后面。

"你发现了什么东西?"

"好像是一个娃娃,是我的娃娃,你知道的,就是我带到教室给小朋友们玩的娃娃,但是卡在车轮底下了。我原本想要倒车,现在我得要把车子往前开才能把这个娃娃拿出来。"

"这个娃娃怎么会在这里呢?"

这时我已经重新坐进车里。趁着我把车往前开动的时候,露西迅速拉出那个娃娃,那正是我拿去借给洁蒂玩的那个金发娃娃。

"这不是洁蒂在玩的那个娃娃吗?你想它为什么会在这里呢?"露西问我,"她把这个娃娃掉在这个地方也未免太奇怪了吧。"

我从她的手中接过那个娃娃。

"我知道她有时候会在放学后等你,可是你认为她会这样随意把娃娃丢掉吗?她可能要让你觉得……呃,让你觉得她故意这样做。"

我感到胃部一阵翻腾。

"要让你认为她是故意让娃娃被车子辗过。"

那天晚上回到家后,我的脑海中全是那个娃娃的影子,就好像是个阴魂不散的鬼魂一样追着我。这一切未免太凑巧了,怎么就那么凑巧被我的车子轧过?而且依照我的看法,那个娃娃的位置好像是故意摆的,好像早已算准我会从上面轧过一样。一定是有人故意放的。可是,这又是为了什么呢?这样做的目的何在呢?

这件事情要传达的信息再清楚不过。每一个人,包括我本人,都认定这个娃娃就是我的化身,当我不在洁蒂的面前时,这个娃娃就代表着我。把这个娃娃毁掉,正代表洁蒂对我的感觉,而且这件事情真的影响了我的心情。带过那么多的孩子,我很清楚我在孩子们心目中处于某种重要的位置,倘若我们之间关系紧张,往往会让不少孩子对我咬牙切齿,恨不得把我杀掉。事实上,前一天下午我才对她提出要她去看精神科医生,对她来说这是一项难以承受的打击。也许她觉得我背叛了她,答应她要保密的,却又把她告诉我的事情告诉别人;也许她觉得我想要遗弃她或是放弃她;也许她觉得我知道她太多的事情让她不安……每一个理由都足以让她对我痛恨有加。不过,我还是有一件事情想不通,这个娃娃为什么正好出现在那个地方?怎么可能我轧到了它却完全不知道呢?若这代表某种危险或挑战,对方又怎么能够保证我一定能明白它的用意?

感恩节的早上,我趁着天还没亮便开车前往汉斯所在的城市,准备在他的家里过感恩节。汉斯为我们两人准备了一大桌丰盛的菜肴，我们一边享用一边天南地北地聊着，尽量不涉及一些不愉快的话题。饭后我们悠闲地坐下来喝咖啡、看报纸。

终究我还是免不了想到洁蒂的问题。"那家专卖魔法巫术书籍的书店今天营业吗？"我问。

"我想是吧，你问这个干什么？"

"在我离开之前，你可以陪我去一趟吗？我想再去看看。"

"你还在追查那个问题？"他问。

"我想是吧，我想要再和那个女孩谈一谈，你知道的，是那个女巫。"

"嗨，布兰达！"一到书店的门口，汉斯就扯开嗓门大叫。

"嘿，好久不见了。"她高兴地和我们打招呼，"你还喜欢那几本书吗？书的内容有没有派上用场呢？"

"那些书很有意思，"我说，然后顿了顿，"可是，不知道是不是可以和你说几句话。前几天我遇到了一些事，自从那时候起我就一直感到很好奇。我希望你能够告诉我，不知道在你的研究中是否有听过此类的事情。"

"是吗？"她的眼睛突然兴奋地亮了起来。

"我是说，这也有可能和魔法巫术之类的无关，也许只是有人在搞恶作剧罢了，可是……我还是非常好奇，而且我在怀疑……"

我转头四处望了望，看看店里面的顾客是否都已经离开。

布兰达查觉出我不希望有其他人在场，她转身望着柜台后面的一道幕帘。"到那里去好了，"她说，"如果有人要买东西的话，我在那里能听得到。"

里面的空间相当狭小，还堆了许多书籍。布兰达为自己拉了一张小椅子，然后推过另外一张给我。

"好了，到底怎么回事呢？"她问。

"我曾经送给某人一个娃娃，"我说，"那个娃娃长得和我很像。当然，那个人一直把娃娃看作是我，而且我自己也曾鼓励她这样做。她有情绪方面的问题，所以当初我才想说借由我们之间那种稳定的关系，来帮助她面对她的情绪问题。前几天晚上我下班回家的时候，正好碰到下大雪，正当我要把车倒出停车场的时候，车却打滑。就在我走到后备厢准备拿出铲子铲雪时，我在右前轮的下方发现了这个娃娃，就是我送给那个小女孩的娃娃。它好像是被故意放在那个地方的，故意要让我把它轧过去，故意要让我把它轧坏。"

布兰达不敢相信地睁大眼睛。

"我说这个小女孩有情绪困扰的问题，绝不是随便说说，她的确有这方面的问题，而且我觉得依照推理，这个娃娃应该是她放的。我绝对相信这个娃娃是被故意放在那里的，连娃娃的姿势都是刻意摆好的，否则在积雪的覆盖下，我不可能轧到它。我在想，这是否和魔法巫术之类的东西有什么关联，而且最让我怀疑的是，这个女孩的背后是不是有一只看不见的黑手在操控着她。"

"我从来没有听说过有人做这种事,不过我倒是知道他们的用意是什么。"

"是什么呢?"

布兰达注视着我的脸好一会儿,继续说道:"我不确定你是不是真的想要听我说。我的意思是说,我对你几乎可以说是不认识,再者我也不知道你要知道这些东西的真正目的是什么。"

"我并没有刻意要往这方面去追查些什么,但是如果这两件事情之间有什么关联的话,相信对我会有很大的帮助。"

"他们对你没有什么好意。"布兰达小心翼翼地说。

"这个我大概也知道。问题是,这是种恶灵吗?"

"我不是很确定什么人对你做了这种事,可是我知道那是什么,那是黑色魔法。"顿了顿,布兰达抓抓她的头,然后把双手夹在两膝之间。冥想了好几分钟后,她说:"你看,当时我并没有在场,所以我并不是很确定那是什么东西。"

"可是那一定是黑色魔法,对不对?你一定知道的,对不对?那是哪一种呢?又代表什么意思呢?"

布兰达深深地吸了一口气:"呃,你看,他们……他们……呃,在施展黑色魔法……他们是靠着这种方法来获取他们的力量,那种让他们对任何事情都可以予取予求的力量,那种足以影响人们的力量,那种可以打败对手的力量。这种力量的取得还含有另一种意义，就是他们可以召唤黑暗势力。你看，这就是我们之间不同的地方——他们拥有的是黑色魔法，而我拥有的是白色魔法。在白色魔法中，你永远无法把黑暗的势力召唤出来，而且在施展黑色魔法的过程中，他们必须献上祭品才能召唤黑暗势力，而且如果……呃，如果他们想要除掉某个敌人的话，尤其如果对方是个很强大的敌人的话，他们就得动用非常多的力量，这时候他们就需要一个祭品来协助他们达到除掉敌人的目的……"布兰达的声音越来越小，然后她又把双手夹在她的两膝间，"所以关于祭品之类的事情是存在的。"她停了停又继续说，"祭品带来的力量无可抵挡。"

"在施行黑色魔法的过程中，他们都会以人为祭品，这是他们召唤黑暗势力的主要方法。但是当他们在这个过程中遇到敌人时，他们便会想尽办法除掉那个敌人。当这个敌人拥有强大的力量时，他们便需要借助祭品的力量来增强法力，如此才能顺利地把敌人除掉……"她平静地说着，"值得一提的是，当祭品是主动而非被动成为祭品时，他们凝聚的力量会非常的惊人。"

"你指的难道是巫毒娃娃？"我问她。

"相当类似。"

我笑了笑说："其实我早就想到了这一点，这种事情并不会困扰我。虽然说想到这种事情会让人感到很不舒服，但是基本上我并不相信这种东西，它们也吓不了我。"

停了停，我接着说："不过，有件事情倒是真的让我困惑，我一直想不透其中的原因。关于那个娃娃的位置，它的身体在我的车子下方，头正好不偏不倚在我的前轮下。在正常的情况下，我根本不可能看到它，那天完全是因为积雪太厚，我不得不下车铲雪才发现它的存在。要是那天没有下大雪，娃娃早就被我给轧碎了。当时我也没有多想，觉得有可能是有人不小心把它掉在那里，因为如果他们要警告我的话，他们大可把娃娃放在显眼的地方。现在我想不透的是，他们这样做的意图到底是什么？"

"我倒不认为他们是故意要吓你，"布兰达答道，"我觉得他们故意把娃娃藏在那里，这绝不是场游戏，这是黑色魔法，目的就是要你轧毁那个娃娃。问题是，如果事前让你知道，你就不会轧毁它，他们的目的就无法达成。"

"可是这又是为了什么呢？"

"那个娃娃和你长得很像，对不对？一旦你摧毁了自己的图腾，也等于摧毁了你自己。他们一定对那个娃娃施了很重的法术，目的是要制造一种主动牺牲的现象。他们要你自己走向自杀之途。"

第12章

警方介入

> 我们的共识是：洁蒂，琥珀和翡翠三个女孩必须马上送到社会福利机构的儿童中心，以便警方能够全力调查这个案子。

在返回贝京市的路上，我的情绪十分低落，事实上我并没有对布兰达说实话。说我不害怕是骗人的，其实我非常害怕。

难道我真的相信这种事情吗？有可能是真的吗？我总会不由自主地想到上一任老师自杀的事，一想到这件事，我就全身起鸡皮疙瘩，似乎那一切和我轧到娃娃一事有某种相似之处。事情发展至此，对我来说是个转折点。我可以接受洁蒂把那个娃娃丢在那里的事实，就算她不愿承认，我还是可以理解和接受，因为我知道她有情绪失调的问题，有时候她根本不记得自己做过什么事情。但是我却不能认同有人刻意把那个娃娃放在我的车轮底下的事实，因为那是种居心叵测的行为。如果那个娃娃是洁蒂本人放的，那更代表她的背后有人指使。

星期一早上,我把那个娃娃带到学校,小心翼翼地放在衣帽间的长椅上。

"哇!女士,快过来看这个!"第一个来到教室的杰罗米一看到那个娃娃便尖声惊叫着从衣帽间里跑了出来,"有人进来过这里,把你的娃娃折磨得不成人样了。快来看,赶快来看啊!"

"我早就知道了,杰罗米。"我坐在教室里回应他。

这时,其他的孩子也陆续到达,把他们的书包和午餐盒放进衣帽间。

"这是你嘛!"我听到杰罗米这样说。"是那个女孩!"他跑到教室里头,"就是那个笨女孩,你去问她就清楚了,一定是她做的。你好心把娃娃借给她玩,现在你看她对娃娃做了什么好事。我猜你现在一定很后悔,我猜你以后再也不会把东西借给她了,对不对?她该死。"

"杰罗米,不要这么激动。"

"老天,小姐,"他靠到我的身边来,"你打算怎么处理这件事呢?"

鲁宾和菲利浦也随后到来,当他们从衣帽间走出来时,两个人都睁着惊愕的大眼睛。不过,洁蒂却一直没有出现。

"好了,大家安静坐下来,讨论课时间到了。"我高声叫着,"上课了,各位。"

洁蒂依旧没有出现。

"我早就告诉过你不要给她东西的,我早就告诉过你她不是好女孩。我猜她一定会说没有做那件事,我猜你一定会相信她的话。那个娃娃真是倒霉透了。"

"杰罗米,不要再说了。"我轻轻把他推到他的座位上,然后走到衣帽间的门口,"洁蒂?出来了,赶快。"

除了那个娃娃之外,里面并没有任何人。

"洁蒂?"我走了进去,然后走到通往走廊的那道门,探头望了望走廊,还是没有看到洁蒂的身影。

我回到教室中:"她真的在里面吗?你真的有看到她吗,杰罗米?"

"没错,她就在里面,只是当她看到她的杰作之后,就逃之夭夭了。"

为了等洁蒂,我把早上的讨论课往后推迟了一些,不过还是没能等到她出现。讨论课结束后,我去了一趟幼儿园,琥珀今天来上课了,于是我决定打电话给洁蒂的母亲问个明白。

"她不在那里?"洁蒂的母亲在电话中说,"没错,她现在正在家中,难道她没有告诉你吗?她说早上到学校的时候感到非常不舒服,跑到厕所吐了一阵后,便回家来了。难道她没有告诉你吗?"

我惊慌沮丧地挂上了电话。

"那不是我做的。"

我被这突如其来的声音吓了一跳,抬头一看,洁蒂就站在衣帽间的门口,身上穿着轻便的家居服。

"你妈妈知道你来这里吗?"

"那不是我做的,我并没有毁坏那个娃娃,我以主的名义发誓。"

我合上手中的书本:"我知道你没有做,我相信不是你做的,因为当时我也不知道它被丢在雪地里。"

洁蒂轻轻关上衣帽间的门,走到我的桌子前面。

"但是,我想你一定知道那个娃娃是怎么跑到那里的,还有它为什么会在那个地方。"

洁蒂的嘴巴嘟了起来,泪水无声地滚下脸颊。

我默默坐在椅子上看着她:"这到底是怎么回事呢?"

洁蒂开始放声哭了起来。

我起身走到衣帽间拾起那个娃娃,然后走回教室。我注视着娃娃,说:"我觉得我们现在要做的事情就是把这个娃娃好好整理一番。"

我站在水槽边,一边脱着娃娃的衣服,一边说:"还好只有头部被轧坏。"我说,"当时地上有很多雪,我猜那些雪发挥了保护作用。也许我们可以把它送到娃娃医院,请他们把它修好。"

洁蒂走过来站在我的身边,专注地看着我的一举一动。

"我们好好把它洗干净吧,它现在这个模样比我想象的要糟糕多了。"我把光着身体的娃娃放进温水中。

洁蒂依旧站在那儿默默地流着眼泪,并没有动手帮我的忙。过了好一会儿,她跪了下来打开橱柜拿出清洁剂。

"当事情出现问题的时候,"我说,"我们就要尽力挽救,有时我们做得到,有时我们也会无能为力。无论如何,我们都要不计成败付出我们最大的努力。"

我把娃娃抓起来放在一块待用的毛巾上,然后把它包起来。

洁蒂仔细看着我擦拭娃娃。她小心翼翼地抬起一只手,伸出一根手指头,轻轻抚摸着娃娃的手臂。

"如果我说出来的话,"她柔柔地说着,"警察会来找泰希吗?"

我转头望着她。

"他们会不会来找她呢?"

"你希望他们找她吗?"我问道。

"我一直都非常努力地在照顾她。虽然她和我的年纪一样大,但是她的个子却比我小,我尽我最大的努力帮助她……"

我继续擦拭着娃娃,没有对她的话做出任何回应。

"他们会相信我的话吗?"洁蒂问我。

"我们要试试看才会知道。"我说。

洁蒂抬头看着我:"你会陪着我吗?如果我把事情说出来的话?如果我现在就把事情说出来,你会支持我陪着我吗?"

我点了点头:"我当然会陪着你的。我们是不是现在就向蒂伯金先生说明呢?"

洁蒂深深吸了一口气,然后坚定地点了点头:"好的。"

来到蒂伯金先生的办公室，洁蒂又故态复萌一句话也说不出口，只是驼着背缩着头僵硬地站在那里。我将整件事情的来龙去脉原原本本地告诉蒂伯金先生。随着我讲的故事缓缓进展，我发现蒂伯金先生的脸色越来越严肃越来越苍白。整个下午，他都未曾正面看过我一眼。

"你要我怎么做？"听完故事之后他问道。接着他自顾自地踱着步，口中还念念有词："这件事情有些超过了我的能力范围，我们得寻求帮助，这么严重的事情我根本无法做出决定。"

我瞟了身边的洁蒂一眼。她依旧缩着头驼着背，全身僵硬地站在那里，手指不停地绞扭着衣服。她的头垂得非常低，我看不到她的脸，不过我知道她正紧抿着嘴巴。

"这件事情你很确定吗？"蒂伯金先生看着洁蒂问道，"你确定你知道桃莉在说些什么吗？"

"我知道。"

"我们需要寻求帮助。"说完他便拿起电话。

蒂伯金先生找的第一个人是亚奇·彼德森，他请亚奇马上过来。挂上电话，他又打电话给社会局，请求他们派人协助处理。

在等候他们到来的这段时间里，我起身打算回教室去拿洁蒂的学校档案以及我个人的笔记。我转身问洁蒂要不要跟我一起去，她没有回答，只是默默地坐在椅子上。

我在椅子旁边蹲下来："你觉得你有办法开口说话吗，洁蒂？"

我用手抚摸着她的头发。

洁蒂没有回答我的问话。

"我明白这种事很吓人，我知道你心里很害怕，但是你觉得你有办法控制自己吗？我会一直陪在你的身边，我一定会陪着你的。"

她还是没有回答。

"到时候她一定得开口说话。"蒂伯金先生说。

首先到达的是亚奇。"你真的是不见黄河心不死，是不是？"亚奇一进办公室就劈头问我，我感觉出她语气中的埋怨。也许她认为我太过小题大作，不用如此大张旗鼓地来处理这件事。或者，她有可能是和我一样又累又饿，一心只想早些回家休息。接着，社工人员赶到了，她叫迪萝丝，大约50岁出头，身材矮小肥胖，鼻梁上挂着一副大大的眼镜。

"有一个大前提是我们必须承认，这件事绝对是一起犯罪案件，"她单刀直入地说，"据我所知，目前我们必须暂时照顾这个孩子，就像其他儿童之家的孩子一样。目前我只有通过警方才能找到适合她的安全场所，所以我在来这里之前已经打电话给警方了，待会儿应该会有警方人员过来。"

我和迪萝丝以及亚奇的谈话都是在办公室中进行的，而洁蒂则一直都待在蒂伯金先生的办公室中。经过这番谈话，蒂伯金先生和我立刻明白我们面对的最严重的问题并不是虐待，洁蒂心中的恐惧才是症结所在。

不久，一位叫林蒂的女警官走进来，林蒂曾经和迪萝丝合作过好几个受虐儿童的案子，两人有相当的默契和信心。人员到齐后，我们在学校的办公室开会，我把心中的想法和疑虑都讲了出来。我觉得这不只是一般的虐待事件，它很有可能是一桩性虐待事件，而且可能有不少人牵涉其中。接着，亚奇也提出她的质疑，她怀疑洁蒂可能具有多重人格，或者是洁蒂在故意扭曲施害者的人格。在这个过程中，洁蒂似乎没有帮上什么忙，只是偶尔点头或摇头表示她的意见。

会议进行到七点十五分左右才结束。我们的共识是：洁蒂、琥珀和翡翠三个女孩必须马上送到社会福利机构的儿童中心，以便警方能够全力调查这个案子。事情决定之后，林蒂牵着洁蒂的手走出办公室。洁蒂头也不回地毅然跟着林蒂离开。

九点十五分左右，林蒂从贝京市的警察局打电话给我。她说埃科德夫妇也被带到警察局，他们两人对这件事震惊不已。警方将琥珀隔离讯问，琥珀对那些虐待事件一概否认。至于洁蒂，她拒绝对任何人说话，自从她到警局后，没有开口说过一句话。林蒂打电话向亚奇求救，亚奇要林蒂打电话给我，因为亚奇告诉她我有办法让拒绝说话的小孩开口说话。

到了警局，林蒂将经过向我说明，还不停地央求我想办法让那个孩子开口说话。

"一个是不开口讲话，一个是滔滔不绝。"迪萝丝喃喃地说，

"我不停地向那个6岁的小女孩解释,说她们姐妹将会到别的家庭住一个星期,没想到她整个人就抓狂起来。"

"这件事情看来会非常棘手。"我说。

"这话怎么说呢?"迪萝丝问。

"他们是个联系非常紧密的家庭。孩子的母亲曾经告诉我,他们从来没有让任何一个孩子离开过身边,也没有把孩子交给别人带过,就算是临时保姆也没有找过。"

"我的老天啊,你在开什么玩笑?"

我被带到大厅旁边的一间问讯室。问讯室的门敞开着,洁蒂孤单地坐在里面,我走进去,轻轻关上门。

"这是漫长的夜,对吗?"我走到她的面前,抓过一张椅子坐下,"你累了?"

她点了点头。

看她疲惫的模样我真的非常心疼,很想把她抱在怀中好好安慰一番。

"他们有没有告诉你接下来要怎么做?"我问洁蒂,"林蒂说他们很快就会让你的爸爸和妈妈回家,但是他们认为你和妹妹最好暂时不要回家,等到这件事情弄清楚后再回家会比较好,所以你们三个姐妹可能暂时住在寄养家庭。那种家庭就和菲利浦的情况有点类似,你们住在那里,会有寄养爸爸和妈妈照顾你们的生活。"

洁蒂将手肘放在桌子上，双手托着下巴。我不知道她到底有没有在听我说话，不过不能否认的是，我们两个人都已经累得感觉麻木了。

"你还是可以到我们班上课，我们仍然可以见面。"

洁蒂坐在那里不说话。

"洁蒂，如果你不开口说话的话，那么事情将永远无法解决。"我说。

"你有没有把泰希的事情告诉他们？"

"你希望我能为你解决所有事情，问题是我没有办法，洁蒂。你得把泰希的事告诉他们，事情发生在你身上，不是在我身上，只有你才真正知道是怎么一回事。"

"我没有办法说。"

"你可以的，而且一定要说。"

"我就是没办法。这里有蜘蛛，我看见了。它们会听到，它们会告诉艾里小姐的。"

"这件事很快就会结束，甜心。我们现在就是要将这件事情做个了结。"

"不，事情不会结束，"她悲伤地说，"蜘蛛在监视我。"

我累得失去了耐心，急躁地叹口气："听着，洁蒂，我能做些什么？我能帮什么忙？你要怎样才愿意告诉他们？是不是非得我跪下来你才愿意？"

洁蒂含着泪望着我："不，拜托你不要这样，你替我向他们说明。"

和洁蒂谈完后，一位社工人员进来把洁蒂带到琥珀的房间，我则到另一个房间找林蒂和迪萝丝。我们继续讨论这个案子的困难程度。约10分钟后，我们听到一阵骚动声。

"埃科德夫妇要走了，"迪萝丝说，"我得带女孩们出来和她们的父母道别。"

我轻轻跨出房门望着渐渐远去的背影，觉得我自己是毁了这个家庭的杀手。没一会儿，琥珀冲到走廊上。

"妈咪！妈咪！"她使出全身力气喊着，"带我走！我要回家！"此时的埃科德太太显得那么的娇弱无力，她把琥珀紧紧搂在怀中。看到这一幕，我心里非常害怕，害怕自己做错事，把无辜的人也卷了进来。

在场的社工和警员把琥珀从妈妈的怀里拉开，但是琥珀死命抓着妈妈的衣服不放。在这场混乱中，没有人注意到站在远处望着这一切的我。我悄悄回到刚才琥珀和洁蒂待的房间，进去后才发现洁蒂在那里。她坐在一个箱子旁，箱子里装满了各式各样的娃娃和玩具。

"你的爸爸妈妈要走了，你要不要和他们说再见？"

"看，这个娃娃的头发好长啊，"洁蒂大惊小怪地说道，"我家也有好几个芭比娃娃，可是没有一个的头发像这个。"

"我说，你的爸爸妈妈要走了。"

"不过，我的娃娃不会没有衣服穿，我有好多娃娃的衣服。我真希望能够拥有这个芭比娃娃。"

"洁蒂……"

终于，她抬起头望着我："请替我向他们说再见，好吗？"

我惊讶地望着她："你会有好一段时间无法见到他们。琥珀已经去和他们说再见了，难道你不想去和他们说再见吗？"

"不了，我现在正忙着玩娃娃，我没空。"她的声音平静得让人听不出她心里在想些什么，"你替我去说再见就好了。"

在走廊的远处，我看到琥珀正紧紧抱着她妈妈的腿，社工费了好大的力气才拉开她。我很内疚很不好意思地站在门外，同时听到身后传来一阵猛烈的关门声。

一会儿，洁蒂出现在走廊上，在我的身边玩弄着房门。迪萝丝心疼地对她说："他们都走了，甜心。"

洁蒂好像没事似的转着门把手。

"哦，甜心，我真的很抱歉，他们都走了。"

洁蒂还是不停地转着门把手："我只是要检查门是不是锁上了。"

隔天早上洁蒂没有来学校上课。当第三天她出现在教室时，看起来就好像换了一个人似的。更确切地说，以往她总是一头乱发出现在教室，今天她的头发梳得十分光亮，不但扎了辫子，还夹上了很漂亮的发夹。此外，她还穿了一件红白相间的外套，一开始我还以为我眼花了呢！

"哇呜！"杰罗米一看到她那一身打扮不禁叫了起来，"你们看看那个女孩，老天呀！她可真不简单，是不是？"他追着洁蒂，对着她猛送飞吻。

"走开啦！"洁蒂不耐烦地说。

"杰罗米，请你坐好。"

"哎哟，你们看看她那一身打扮，根本就是想要勾引男人。"他停下来沉思了一会儿，又继续说，"她是个可怕的人物，太阴险了。"

"你们大家不要理他。"洁蒂以一种极其厌恶的口吻说。

她的心情显得相当好，姿势不再像以往那般僵硬，动作也流畅自在了很多。她包容了杰罗米的无礼，也愿意和菲利浦一起做功课和玩耍，同时注意到鲁宾和布鲁斯的存在。

"你会想家吗？"我碰了碰她的肩轻轻地问。

"琥珀会想家。"

"那你呢？你会想家吗？"

她咬了咬下嘴唇，然后缓缓地点了点头："是的，我想家。我很想念妈妈，想念她晚上睡时吻我的样子，我也很想念我的芭比娃娃。我现在几乎没有自己的玩具，不知道家里的那些娃娃现在好不好？我很想念以前在家中的所有事情。"

午餐时，洁蒂和其他小朋友一起到自助餐室去用餐，这是她第一次在学校吃午餐。看着孩子们走到餐室后，我便到女厕所去洗手准备吃点什么。几个小女孩看到老师出现了，便都快速地洗了洗手，然后一哄而散，把我一个人留在那里。我的心思似乎依旧无法集中，转头四处望了望，无意间看到琥珀正站在门口。

就像洁蒂一样，她也打扮得非常漂亮整齐。

"嗨！"我对她打招呼。

"你把我的妈妈和爸爸怎么了？"

"我没有对他们怎么样呀。"我说，不过心中却不确定自己是否真的没有伤害到任何人。

"那为什么我们不能够回家呢？"

"如果事情的结果都没有问题的话，我相信你们很快就可以回家了。不过警方人员和社工人员还需要一些时间来确定所有的事情都没有问题。"

琥珀轻轻地仰起了头："洁蒂说什么你都相信。"她淡淡的声音显得极为沙哑。

"我们的目的只是要确定你们三姐妹不会遭受任何的伤害。"

"洁蒂就是那个样子，她根本控制不了自己。她不但一错再错，而且也不知道自己在说些什么。那不是她的错，因为她自己也无法控制。但是，你不应该完全相信她说的话。"

那个下午，洁蒂趁下课时间跑到我的身边，沉默好一会儿后她说："我以后再也不能跟你说话了。"

"为什么？"

"因为我和琥珀现在都得坐出租车来上课,所以我没有办法像以前那样在放学后还可以留下来或是跑过来和你说话。现在你得送我到下面去坐车,就像你送其他小朋友去坐车一样。"她的声音中有一股骄傲。我猜她十分喜欢目前的生活,因为她可以拥有和其他小朋友一样的生活。

"如果你想要谈谈,我随时会抽出时间来听你说话。"

洁蒂安静了片刻之后悄悄问我:"你有把泰希的事情告诉她们吗?"

"你有吗?"

沉默了一下,她摇摇头:"他们不会相信我的话,你告诉他们好吗?你是大人,他们会相信你说的话。"

我低头看着她:"我已经把知道的都告诉他们了,我能做的也就只有这些而已。再怎么说,我也不是当事人。"

"他们都带几个娃娃,还在娃娃的身上挖洞,你知道这种事吗?你知道,就是大便的洞。他们手臂下还长毛呢,恶心死了。"洁蒂一边微笑着说一边做鬼脸。

我点了点头:"这样你比较容易让他们了解事情的经过。"

"琥珀,她不敢碰那些娃娃,她很怕那些娃娃。那些娃娃和杰亚做的娃娃很像。杰亚做的娃娃每个都有小鸡鸡,那些小鸡鸡又大又硬,那些娃娃害得琥珀常常做恶梦。"

"你有没有把这件事告诉社工呢?"

洁蒂沉默不语。

"你一定要把这件事告诉他们,洁蒂。这种事是不能闹着玩的。我不是当事人,所以我没有立场说这件事,我只能在一旁支持你。因为若是由我来说的话,我可能会说错或是说得不完整。问题是我们要的是真实的情况,我们禁不起任何的错误。"

一阵寒风吹来,洁蒂紧紧贴着我。

"我是认真的,洁蒂。你必须把事情告诉他们,你必须亲自告诉他们事情发生的经过。如果你不讲而由我来讲,我也不认为内容的真实度能够达到百分之百。"

"琥珀已经不再喜欢你了。"她喃喃地回答。

"这个我知道。"

"她痛恨你。"

"是的,这是很容易想象得到的。"

"我说你做得很好,你可以把我们解救出来。我说她应该要喜欢你,因为你是上帝。可是她说不,她说你不是。"

"就这一点来说,她是对的。"

洁蒂耸了耸肩。

"我不是上帝。我早就跟你讲过我不是上帝。"

"我不在乎。"

"琥珀生我的气是正常现象,"我说,"太多令人惊讶的事发生了。"

洁蒂歪着头看着我:"不过,泰希还是很喜欢你的。"

"真的吗?"

"泰希说琥珀不能够明白其中的道理，琥珀还太小，所以我必须照顾她。"她顿了顿，"我认为翡翠并不恨你，她太小，根本什么都不知道也不明白。"

我忧心忡忡地望着她："泰希都是怎么跟你讲这些事情的呢？"

洁蒂耸了耸肩："她就那样告诉我的呀。你看，我觉得发生的事情是当泰希死掉的时候，她的鬼魂进入我的身体，所以我才能够和她说话。我仔细聆听，然后开始想着她，那样我就可以听到她的声音。我思考着她的需要以及有什么方法可以让她感到快乐，然后试着照我想的那个方法去做。"

我的心不住地往下沉。

第13章

拒绝回家

"我绝对不回去。不管你说什么,也不管他们说什么,反正我就是不回去,我永远都不要回去那个地方。"

整个星期就在接连不断的会议、电话和讨论中度过。接下来的日子,他们要我照平常的方式继续上课,但要求我不要和洁蒂有任何深入的对话,主要是怕我的问话会误导他们办案。当然,在这期间洁蒂的母亲也努力想证明我是整个事件的始作俑者,是我将那些可怕的想法灌输给洁蒂,而我又无法找到直接的证据来证明这一切。

事情发展至此让我束手无策,我甚至想收手不再管这件事,只是这不符合我为人处事的个性。虽然我仍然无法百分之百确定洁蒂那些可怕故事的真实性,也不知道自己算是哪门子的证人,但是我一定要把这件事情查个水落石出。

有一天晚上我拖着一身疲惫回家,一进门便瘫在沙发上,没有力气为自己做晚餐,也不想把身上的衣服换下来,只是一动也不动地坐在沙发上看电视。

突然，门铃响了起来。

勉强撑起身体，我打开了门，露西站在门外。

"嗨，"她紧张地说着，同时向四处张望，"会不会打扰你？"

"怎么会呢，快进来呀。"

"我无意打扰你。我刚好经过附近，想到最近在学校常常看不到你，所以……"露西望着我，犹豫了片刻后又说，"你还好吗，桃莉？"她轻声地问道，"我很担心你的身体。我是说我们都知道发生了什么事情。在教师休息室，到处有人在谈论……"

"请坐，"我微笑着说，"你要不要喝些什么呢？"

"不用了，我只是顺道过来看看你而已。事情现在进行得怎么样了？"她淡定地坐在摇椅上，"大家都还好吗？"

我坐了下来，把事情的发展经过告诉她，也把我心中所有的疑虑都对她说。她只是静静地听着，不做任何回应。

"你认为真是那样？我是说祭典仪式的说法？你真认为有小女孩被谋杀吗？"

"老实说，我也不知道要怎么去想。我觉得非常地混乱，完全无从想起。"

"可是洁蒂却认为那是事实？"

我点了点头。

"警方有什么新发现吗？"露西问道。

"他们对我透露得不多,最糟的是,我们之间对整个事件缺乏必要的沟通。为了怕我诱导出不该出现的问题,他们不让我和洁蒂私下谈话。警方人员也不愿和任何人商讨这件事,而社工则依照他们自己的方式来处理这件事,他们也不觉得有义务把细节都向我报告。我只是一个老师,而洁蒂……洁蒂根本不愿跟任何其他人说话。"我叹了口气,"这样下去是没有办法成功的,我知道这根本就行不通。他们到最后一定无法找到任何有力的证据。我曾经参与过太多一般性虐待事件的案子,相信我,警方需要用来起诉的证据……这样根本行不通的,我知道一定行不通的。"

我说着说着便不由自主地掉下眼泪。

露西望着我:"我觉得你做得非常正确。"

"可是,万一他们到最后什么证据也找不到;万一到最后洁蒂她们三个女孩又回到家中;万一洁蒂什么也不吐露,而我说的这个谋杀案及巫毒娃娃的故事又没有人相信,那该如何是好呢?"

"她不愿和他们说话,不代表她不愿对你说呀。就算他们什么证据都找不到,那也不代表事情就真的未曾发生,你一定要相信自己。如果人们觉得这件事情听起来很疯狂,就让他们觉得疯狂好了,可是那并不代表那件疯狂的事不是真的。"

"可是这里是贝京市呀。"我喃喃地说。

露西开口笑道:"应该说这句话的人是我,不是你。"

我望着她会心地一笑。

那个星期的周末,亚奇出现在我的教室门外:"我们今天有会议,你知道吗?"

我点了点头:"我早就听到风声了。"

"林蒂要我们四点三十分到警察局集合,你可以赶得过去吗?他们今天就要决定这件事情的解决办法。迪萝丝说她可以将孩子的寄养时间延长 28 天,只不过我没有听到警方提出解决方案。如果他们不打算起诉的话,我想那几个小女孩最后还是会回到她们父母亲的身边。"

"他们要我们去那里做什么?"

亚奇耸了耸肩:"大概是整合一些意见吧,我猜。"

我注视着她。"你希望在这次会议中看到什么样的结果?"我问。

亚奇微微地耸耸肩:"正义得以伸张吧,我猜。"

我原以为会有很多人来参加这次会议,到达之后才知道只有林蒂、亚奇和我。林蒂一定察觉出我的惊讶,因而赶忙向我解释:"这只是一次非正式的邀请,我想我们也许可以发挥临门一脚的作用。"

亚奇和我同时点了点头。

接着我们进入一间小房间,各自坐下后,林蒂把手中的卷宗摊开在我们的面前。

"我不得不承认这真的是一个非常棘手的案子。"她单刀直入地说,"我希望我能够告诉你们一些好消息,但是……"她翻了翻手中的那些文件,"我把这三个小姐妹的资料全都仔细看过,但是除了女孩肚子上的十字符号外,实在找不到任何足以证明她们受到生理虐待的证据。除非我们的证据极为齐全,否则我们实在看不出这几个孩子在生理上有什么问题,她们个个身体都很健康。

"至于性虐待方面,呃……三个女孩的处女膜都已经破裂。发生处女膜破裂的情况有很多,当然,这是孩子的父母亲坚持的说法。问题是,他们这种说辞也许可以解释两个较大孩子的情况,但是8个月大的女孩就说不通。总之,就这些情况根本不足以构成性虐待。最大和最小的女孩都出现肛门肿胀的症状,这种现象可能意味着肛门穿透,但也有可能是便秘造成的——这两个年龄的女孩出现便秘是很平常的。此外,我们实在找不出其他比较有说服力的解释。总而言之,从这些极为薄弱的证据中,我们不足以将这个案子定位为性虐待的案件。"

林蒂翻了翻文件后又拿起另一份档案:"我们的心理医生曾利用三次游戏对三个女孩做了测试,有两次是个别测试,最后一次则是三个人一起做,而且每次都使用和故事中一模一样的娃娃来测试。测试的结果发现,两个年纪小的女孩没有发生过什么比较特别的事。至于那个大的女孩,也就是洁蒂,很明显地,她具有性方面的常识。她很大方地谈论性交、肛交等知识,不过我们也必须注意到她已经9岁了,一个9岁的孩子有性知识是很正常的。"

"桃莉,我们也针对你的质疑申请搜查令,到孩子的家中仔细搜查，可是没有什么收获，只在沙发底下找到几本花花公子杂志，两本天文学的书籍，一本有关数字学的书籍，一箱骨头（经过实验室的证实，那是动物的骨头），还有六箱白色蜡烛。"

"他们对最后那两样东西有何解释呢？"我问道。

"埃科德说那些骨头是他在野外捡回来的，他说他喜欢收集骨头，那是他的嗜好。他说他一直想要当一位动物标本剥制师，由于他没有那么多的钱去购买标本，所以他只好利用周末到野外捡拾动物的骨头，等他找到足够的骨头后，他就可以制作两个标本——一只是松鼠，一只是猫咪。我们带了两根骨头回来存证，不过我同时也必须承认，我无法想象有人会拿可爱的松鼠来进行黑色祭典。

"至于蜡烛，那些都只是非常普通的蜡烛，他们之所以保存那么多的蜡烛，是为了冬季停电时可以派上用场。虽然说六箱的数量是太夸张了些，但是埃科德太太说那是他们趁着打折促销的时候买的，所以……"林蒂停了下来。

"那样的解释根本不够充分，对不对？"我问她。

"如果要起诉的话自然是不充分的。"

"但是，那些来自《达拉斯》成人电视节目的人物又该作何解释呢？"我继续提出我的质疑，"她描述得那么真实……"

"不，她没有说，"林蒂迫不及待地回答我的问题，"那正是问题所在。是你讲的，你把它讲得太逼真了。她什么都没有讲，到目前为止我还没有听见那个孩子开口说过话。你说那些事情都是她告诉你的,可是我们得到的消息都是你告诉我们的,她什么也没有告诉我们,所以我们希望你能够再说得详细一些,否则我们不知道要怎么继续追查下去。举一个简单的例子:当你提到那些人物时,你提到的是五个或六个嫌犯,这些人全部涉及一桩性虐待的案件。而我们最多最多也只能找到两个嫌犯,其他的都到哪里去了?他们又是些什么人呢?"

"我觉得我们必须要有心理准备,这些人有可能根本就是不存在的,"亚奇淡淡地说,"我知道这对桃莉来说很难。她和这个孩子最亲近,也知道洁蒂对她的信任程度。当然,这个小女孩讲起话来也是绝对精彩。但是,不论那些事情是否真的发生过,洁蒂是一个有严重精神困扰的孩子,这点是不容否认的事实。很有可能我们苦苦追寻的只是一个幻影而已。"

我沮丧地看着亚奇。

"桃莉,你得接受这个事实。"

"但是,相对地,为什么你们就不能接受它有可能是真实的呢?"

"因为那是不可能的事,因为她是一个有精神困扰的孩子,因为我不想再看到这种事情一再重演。有精神困扰的孩子总会去指控无辜的成人,人类的本性没有改变。我也不想去扮演摧毁这些人正常生活的杀手,他们也是血肉之躯。桃莉,我们现在谈论的这些人,他们可是一家人,经过这件事之后,他们永远无法再回到以往平静的日子。你、我、警方人员和参与处理这件事的每一个人,到时都可以置身事外，但是埃科德一家人却无法像我们那样轻松。我真怕死了再听到那些巫婆、撒旦的事情，倒不是害怕他们可怕的长相，而是害怕可能造成的后果，我担心那个后果没有人承受得起，我害怕他们一家人会毁在我们的手上。"

听完亚奇这番话，我陷入深深的思考中。沉默笼罩着这个小小的房间。

最后，林蒂望着我打破沉默："你觉得如何？你真的相信她说的是事实吗？"

一股疲惫的沮丧感缓缓侵占了我的身心："我不知道，我真的不知道。可是……当她谈到那些虐待的事情时，她没有多加着墨，总是轻描淡写说一些不具体的事。明显的例子是：每次谈到泰希时她总是说泰希很冷，或者说泰希的年纪和她相差几岁等等，从未清楚地描述过完整的经过。她还在班上和其他的小朋友提到过泰希有一双蛇皮靴，而且还可以把皮靴的样子和长度交代得一清二楚。那件事情一直让我百思不解，因为我知道她谈的并不是泰希而是那双皮靴，同时她诉说的对象也不是我而是另有其人。从她的谈话内容分析，显然她真的非常喜欢真正的印度蛇皮，因为那种皮看起来真的不同凡响。总之，许多情况让我想不通，我不知道这种现象是不是也算是某种程度的精神错乱。"

"可是那也不是完全不可能呀，"亚奇接着说，"也许她真的想要那种皮靴，所以才会把这件事情投射到泰希的身上。"

林蒂想了一想:"这么说来,我们这个星期以来的努力基本上是没有什么进展了。"

"现在,我们要在这里做什么呢?你要弄一棵圣诞树或其他什么吗?"杰罗米说。那是星期四的早上,我们原本应该照进度上课,可是没有人有心情上课,大家各做各的事。布鲁斯拿着蜡笔边画边自言自语,鲁宾自顾自地琢磨着他的数学题目,菲利浦努力在圣诞袜上画星星,洁蒂则呆呆地坐在位子上什么也不做。

"我想我们有时间操心圣诞节的事情,杰罗米。现在我们要做的是上数学课。"

"去他的数学课,到时候我们会办一次大派对吗?"

"这件事情到时候再讨论,现在我们开始来做数学题。"

他把手上的铅笔重重摔在桌子上,接着又抓起他的椅子重重摔倒在地上。然后他看着菲利浦的画纸:"你看看他啦,女士,看看那个小白痴在做些什么。嘿,小白痴,如果你乖乖地当个好孩子,圣诞老公公会在你这个可笑的圣诞袜里放些什么礼物呢?"

"杰罗米,请你坐好,行不行?"我一面说着一面伸手到身后的书架上,"还有,菲利浦,这是另一份数学卷子,别又在上面画画了,好吗?"

"我早就不在床边挂圣诞袜了,"杰罗米骄傲地说,"我妈说我已经很大了,不可以再挂圣诞袜向大人要礼物。不过,没关系,反正我已经不适合再做这种事了。"

我专心指导布鲁斯做数学题,不去理会杰罗米的"高见"。

"你会得到什么圣诞礼物呢,女孩?"他转过身盯着洁蒂。

"你去撞墙吧!"洁蒂没好气地回答他。

我站起身,一把抓起杰罗米的衣领,将他放回他的座位上:"杰罗米,你现在乖乖地给我做数学题目。"

好不容易安静二十几分钟,杰罗米又坐不住了:"知道了,我们来许圣诞节的愿望吧。"

"你已经说过你的愿望是得到一辆脚踏车。现在,回去做你的数学题目,拜托。"

"不是,不是那个,是愿望,就像祈求世界和平的那种愿望,就像你心中的希望,不是为你自己,是为全世界所有人的希望。"

他的这项提议引起了我的好奇:"好吧,杰罗米,你的圣诞节愿望是什么?"

"我的愿望就是希望黄皮肤的人不再受到欺侮。不管你是黄皮肤、黑皮肤还是什么别的颜色皮肤的人,我都希望不要因为你们皮肤颜色的不同,而被其他的人痛揍。"

"嗯,这是很好的愿望,杰罗米。如果这个愿望能够成真,那就更完美了。"

"你的愿望是什么,女孩?"他问洁蒂。

洁蒂想了想,然后耸了耸肩,我起初还以为她不打算回答杰罗米的问题,没想到她还是回答了:"不要再有打架的事情,我想,这样全世界的人类都会很快乐。"

菲利浦在一旁兴奋地跳上跳下。

"好了,换你,现在轮到你来说,"我说,"你的愿望是什么呢?"

"呃……站……"他依旧跳上跳下,同时咧着嘴巴笑,他伸手指着洁蒂。

"很抱歉,我不懂你的意思,你可不可以比划得更清楚一些呢?"我要求他,因为他能够说的字很有限,只能用肢体语言来表达他的意思。

他从椅子上跳了起来更用力地比划着:"呀……站……"

"站起来?"

他咧着一张嘴,直指着洁蒂,仔细地比划着动作。

"你要洁蒂站起来?"

他又更用力地比划着。

"你的愿望是……你希望洁蒂能够站起来……不再驼背?"

菲利浦兴奋地直点头。

"嘿,那未免太残忍了吧,"杰罗米大声抗议,"难道你就没有别的愿望吗,非得这样折磨人才行吗?她就是那个样子,就算你想帮她,她也站不直。"

我伸手碰了碰杰罗米,不过就在这时洁蒂开口说话了:"我不是驼背,杰罗米,我做得到,我可以站直的。"她平静地说。

杰罗米歪过头去看着她。

"我可以站直。"说完,洁蒂将手压在桌子上,缓缓将身子拉直。顿了一顿,她深深吸了一口气,然后一鼓作气挺直身体。

见到这一幕,菲利浦兴奋得瞪大眼睛,嘴里咿咿呀呀不知在说些什么。

洁蒂把双手压在肚子上。

"怎么啦?你不舒服吗?"我问。

"不是,"她的声音充满惊讶。她把身体轻轻往前弯下,再用双手压了压肚脐的位置,"我竟然不会痛?"

我们所有的人都不解地望着她。

"我这里竟然不会痛了!"她惊奇地说。

杰罗米终于找回他的声音:"嘿,老天,"他羡慕地说,"你真的站直了。"

洁蒂望着他。

"你站起来了,洁蒂,就和其他人没有两样。"

下课铃响,小朋友都冲到衣帽间拿他们的外套。我一把抓住洁蒂的手臂:"我们可不可以谈一谈?麦卡伦太太会把其他的小朋友送下去,所以没有人会打扰我们。我需要和你单独谈谈。"

她抬头望着我。

"你知道今天是什么日子,对不对?自从你和两个妹妹住到寄养家庭后，今天已经是第 8 天了。"

她轻轻点了点头。

"有没有人和你说过接下来要怎么办？"

洁蒂耸耸肩："你的意思是指人们不停地来看我们的事情吗？这个医生时常到我们住的地方检查我们的屁股，还有那位女士和那些娃娃。"

"是的，可是我指的是未来怎么办。有没有人跟你提到这个问题？"

"我们是不是要搬到另一个寄养家庭？我现在的寄养妈妈说，我和琥珀要回家拿我们的玩具，然后我们将住到别的地方，因为我们不能再待在现在这个寄养家庭，这个寄养家庭只能短期性收留孩子。"

"有没有人提到你们也许有可能回到你们父母的身边？"

由于洁蒂挺着身子无法久站，于是她把身体又驼了起来。

"你会不会想要回到你父母亲的身边呢？"

听到我这样问，她的双眼立刻泛起泪水："我想回家。"一颗眼泪掉了下来，她赶紧伸出手擦掉："那就是我的圣诞节愿望，我真正的愿望。我很想念我的房间和我的玩具，我希望妈妈能够抱我。"

我心中明白这种案件的女孩，终究会回到她们父母亲的身边，为此我还一直很担心洁蒂不知道会有什么样的反应。现在听到她说想家，想回到妈妈身边，我不禁松了一口气："那么说来你是喜欢回家了？哦，听到你这样说我实在太高兴了。"

"但是我不能够回家呀。"

"我要告诉你的消息是个好消息,因为我要告诉你的是我认为你可以回家。昨天晚上我在警察局,我听到他们说,只要他们确定你的家中没有任何问题,便可以把你和妹妹们送回家,而不是把你们三个人送到另一个寄养家庭。"

洁蒂突然抬头望着我,眼睛瞪得大大的,整个脸庞顿时显得十分有生气。"可是,不可能没有问题的。"她低声哽咽着说。

"他们把事情非常仔细地调查过——"

"不可能没有问题的。"她的脸色突然起了变化,迅速地看了看左右两边,好像担心有人会闯进来。然后,她抬起双手紧紧盖住脸庞。

终于,她又抬头望着我:"那毕竟只是个愿望罢了,"她哽咽着说,"难道你不知道吗?难道你不明白吗?当我说我希望回家时,我不会真的那样做,我不能回家。"

我注视着她。

"艾里小姐会在那里。在我做了那些事情后,我和我的两个妹妹不能回到那里去,因为艾里小姐正在那里等我们,她会杀了我们。"

我只是站在那里,心中不停地纠结着,我不知道该说些什么,我无法向她保证她可以留在外面不必回家;我无法向她保证我能拯救她,因为我能做的事情实在非常有限。没有人可以预设事情会有什么结果,我也不曾向洁蒂做过任何的承诺。

我们沉默无语地各自拉了张椅子面对面坐下来。"我绝对不回去。"洁蒂语气轻柔但坚定。

我该怎么办？我的脑中一片混乱。我是不是在抗拒自己、抗拒警方？我是不是在试图粉饰太平？我是不是在误导自己，也在误导所有的人呢？

坐在我对面的洁蒂用力搓着她的手腕，把手腕处的皮肤搓得泛白。"你知道吗？"她平静地低声说，"这里……你知道你可以在这个地方做些什么事吗？"她轻轻地抚摸着手腕上的血管，"你只要拿一把刀往这个地方割下去，然后你身体里面的血就会流出来，只要一下子你就会没命了。"

这些话吓了我一大跳，我直直地望着她。

"其实死并没有什么不好，"她缓缓地说道，"让人痛苦的是死亡的过程。但是死了以后……就很安静了，什么感觉都没有了。我在睡觉的时候就很容易感受到那种感觉，不过要是睡着后没有进入梦境的话，就没有办法进入死亡。"

当我明白她在说些什么的时候，却无言以对："洁蒂，千万不要那样想。"

她抬起头来注视着我的眼睛："为什么不呢？"

"因为那样解决不了任何问题。"

"为什么不呢？"

为什么不呢？其实我也不知道，我不知道还有什么话可以说，只能试着去打消她心中那个可怕的念头。我默默伸出颤抖的手摸摸她。洁蒂没有拒绝，但也没有回应，只是静静坐在那里摸着手腕上的血管。

"我绝对不回去。不管你说什么,也不管他们说什么,反正我就是不回去,我永远都不要回去那个地方。"

"你心中有什么比较好的解决办法?"我问道。

她不解地望着我。

"把泰希的事情告诉他们,把所有的事情都告诉他们。"

"我早就说过了,但是他们不相信我。"

"你没有说,洁蒂,你一个字都没有说。你把我推出去让我替你说,其实他们真正不相信的是我,这些事情应该由你来说才对,这一点你应该很清楚。你得亲口告诉他们所有的事,因为只有当他们亲耳听到你说出来,他们才会相信你。"

洁蒂又去摸手腕上的血管。

"至少你可以试试呀。"

她没有理我。

"你是不是害怕?是不是那样?你害怕什么?艾里小姐吗?还是她的蜘蛛?"

洁蒂耸耸肩。

"如果把警方人员叫到这里来或是到学校里,你愿意讲吗?再不然,我也可以打电话到警察局给林蒂小姐,她会乐意过来的。你可以到衣帽间,然后把门锁起来,就像以前那样。那样是不是会让你不再觉得那么害怕?是不是你就可以把事情讲出来呢?"

洁蒂抬眼望着我，我终于看到了她犹豫不决的神情了。

"要不要我现在就打电话给她呢？"我趁热打铁地问，"我想在他们把你们三个人送回家之前，林蒂可以赶到这里。如果你告诉她的话，洁蒂……"

"我做不到。"

"如果你不想回家，你得告诉他们充分的理由，只有那样你们才可以不用回家。"

"我就是不能。"她垂下了头。

"你想要割断你的血管吗？难道那才是你真正想要的结果吗？问题是，到时候琥珀和翡翠又该怎么办？"

泪滴从她的眼眶中掉了下来。

"想想看，要是你不在她们身边陪着她们的话，她们会有什么样的下场？"

"我不能。"

"你可以。你刚才都有办法忍痛把身体拉直，我相信你也一定可以把这些事情讲出来。"

"可是鬼魂又没有嘴巴。"她喃喃地说。

"鬼魂也许没有嘴巴，可是你是女孩，洁蒂。你有嘴巴，你一定要讲，拜托。"

"我不行。"她边说边把身体弯得更低。

"你可以。"

"你替我告诉他们好了。"

"我已经把知道的所有事情都告诉他们了,现在该轮到你了。"

她开始哭了起来。

"坐好,把腰杆挺直,洁蒂。"

她非常努力地把背杆挺直了,时间在此刻好像永远停了下来。一分钟、两分钟过去了……终于,她抬头望着我,缓缓地点了点头。

第14章

突如其来的告别

独自走回教室,感觉到手中还握着洁蒂给我的那张纸。我轻轻打开看,发现上面只有两个字——谢谢。

接到我的电话,林蒂立刻赶过来,她大约在十一点十五分到达。一看到林蒂出现在教室门口,洁蒂便自动从座位上站起来,默默地带着她走进衣帽间。随后衣帽间的门关上,锁门的声音回荡在教室中。我则若无其事继续上课。

"那位女士是谁?"好奇的杰罗米又发问了,"她来找我们的小女孩干什么?"

"她只是来和她谈谈话而已。"

"为什么呢?"

"洁蒂的家里出了一些问题,"我说,"这位女士是来帮她的。"

"哇噢,"杰罗米轻叹着说,"那个哑巴可真是好运,对不对?"

"也许吧。"

这时响起午餐的铃声，小朋友们一个个都跑出去加入露西的行列，我则留在教室里。衣帽间里寂静无声，不知道她们两人在里面谈得怎么样，我甚至怀疑洁蒂是否会开口把所有的事情都向林蒂说明。按捺不住心中的好奇，我的脚步越来越接近衣帽间的门口，不过最后我还是及时克制住了自己。我关心的是，我这么郑重其事地把林蒂请来，会不会让她空手而归？洁蒂是不是能打破沉默、鼓起勇气把事情说出来？

最让我感到担心的是，要是洁蒂到最后依旧只字不吐，她们三个女孩的下场可能不堪设想。想到这些，我觉得自己是那么的无助，只能坐在椅子上焦急地等候。

蒂伯金先生在中午的时候出现在教室门口，"她们还在里面吗？"他问道，同时还对着衣帽间点了点头。

走到我面前，他坐了下来。我们两人只是坐在那里，相对无语。

当她们两人出现在衣帽间门口时，已经是十二点三十五分了。洁蒂先走出来，她脸色苍白，但是精神还算不错，好像非常疲劳要好好睡一觉的样子，不过却显得相当冷静。

"你要不要吃午餐呢，洁蒂？"蒂伯金先生关心地问她，"他们为你留了些饭。"说完后他便站了起来，并伸手去牵她。

林蒂跟在洁蒂的后面出来，她的脸色比洁蒂还要苍白。拉出蒂伯金先生刚才坐过的那张椅子，她筋疲力尽地在我的对面坐下来。

看着蒂伯金先生和洁蒂消失在教室门口,她喃喃地说:"我觉得很不舒服。"

"洁蒂开口说话了吗?"

"我说真的,"林蒂继续自顾自地说着,"我觉得我快要吐了。"

也许她真的不是在开玩笑,因为她的脸色由刚才的苍白变成了灰色。她一手紧抓着椅子的扶手,用力之大连手指都泛白了。我迅速望了望四周,看看能不能找到一些可以派上用场的东西:"我倒一杯水给你喝。"

"我在这个领域中工作已经有6年了,但是从来没有听过像今天听到的这么恐怖的事情。"她停住,接过我手中的水杯,轻轻地啜了一口,"她有没有告诉过你那个小女孩的事情?有关什么……那些人……对她做的事情?他们是怎么杀死她的?她告诉过你吗?"

我点了点头。

"我的工作可以说整天和血打交道,不过那是我的工作,除了习惯它之外我没的选择。但是当我听到那么小的小孩告诉我那些事情时……刀子、汩汩的血流、饮血……"林蒂打了个冷战,她抬头四处望了望,"我觉得身上很不干净很龃龉,你明白我在说什么吗?我想要回家好好洗个澡,把我的身体搓得一干二净,然后把我穿的衣服烧掉。在那个小房间中谈论着那些事情,让我觉得恶心到极点。"

顿了一顿后,林蒂又接着说:"尤其谈到那只猫的时候更是令人毛骨悚然。她提到他们如何把那只猫咪放在她的胸口,然后将它五马分尸……在她的身上抓着那只猫咪的四肢,齐力地把它扯成碎片。"林蒂做了个扭曲的表情,"……还有那血,他们将双手沾满猫血,在洁蒂的身上涂抹,把她抹得一身一脸的……"她停下来,手指压着双唇,"接着她继续提到他们是怎么……是怎么舔掉她身上的血……他们舔血的动作……还有唆使洁蒂玩她身上的血。"

林蒂的脸色煞时变成一片惨白。她抬起头,突然瞪着双眼,"猫咪,"她口中喃喃地念着,"猫咪的骨头。没错,就是那样,对不对?"

"我觉得我们应该来唱唱圣诞歌。"杰罗米说。

"我觉得你应该安静地做你的功课才对。"我不客气地回答他,"你的数学还有一半没做完,还有你今天早上的阅读作业也没有做。"

"去你的,你就是不愿看到我们开心。"

"做你的功课,杰罗米。"

"我要先削我的铅笔。"

"用我的吧。"啪的一声,我迅速地把铅笔放在他的桌上。

好不容易有了片刻的安静,没想到不到两分钟,杰罗米又抬起头来。

"你给我听好,"我先发制人,"今天早上我们已经够难捱了。人不停地进进出出,所有的事情也都乱了套。现在,没有一个人把心思放在功课上,而我们离放学的时间只剩下 40 分钟。如果大家能够在 30 分钟内专心把功课做完，也许我可以在回家前念一段小故事给你们听。你们觉得怎样？"

"拜托，女士，你就让我们唱一小段圣诞歌，好吗？看在老天的份上，现在是圣诞节呀，让我们过过瘾嘛。"

"如果我放录音带的话，你愿意乖乖做功课吗？"

"我当然愿意，你把我看成什么样的混蛋了？"

于是，我站了起来，放了一首圣诞歌曲，大家才安静下来做他们的功课。

过了一会儿，我发现蒂伯金先生的身影在窗口出现，他向我招了招手。当我打开教室的门时，发现除了蒂伯金先生之外，迪萝丝小姐也站在一旁。

"我是来带洁蒂走的，"她说，"这是林蒂先前答应她的。"

我疑惑地看着他们两个人。

"警方决定继续追究这个案子，显然埃科德先生的花园似乎埋藏着某种秘密，警方决定进行挖掘。总之，我们刚才去那里整理了一些女孩们的东西，那个地方现在已经被警方封锁。看来这件事情闹得越来越大了。"她对着教室点了点头，"我们一致认为最好现在就把洁蒂和琥珀两姐妹带走，而不要……"她欲言又止。

"她们两人还可以来上学吗？"我问。

迪萝丝摇了摇头："我明白你和洁蒂的感情很好，我们也把这点列入安置她的考虑重点，不过让她继续留在这里并非明智之举。

林蒂把她们两人谈话的内容告诉了我一些……就是那些……你知道的……所以我们才决定马上带她们离开。虽然媒体还不知道这件事情,但总是要小心为好,更何况学校就在她们家的对面……"

我点了点头。

打开教室门,我看到五个小朋友正埋头做功课,有的还跟着音乐哼着曲子。

"洁蒂?"

她站起身朝我们走过来。

"迪萝丝小姐在外面,她要来接你和琥珀到新的寄养家庭。"

洁蒂看了看她,又看了看我,她站得很挺直。"新的寄养家庭在我们这个区吗?"她问道。

"不在。"我说。迪萝丝边摇头边说:"我想你们会住得比较远一些,这可能表示你们两人以后不会再回到这个班级和这个学校来上课了,因为距离太远了。"

"永远都不回来了吗?"洁蒂惊讶地问道,"那我要去哪里呢?我会到真正的班级上课吗?我是不是会加入三年级的班级呢?"

"这个我们到时候再看看吧,"迪萝丝微笑地说,"也许你可以哦。"

"什么?"杰罗米惊讶地从椅子上跳起来,"我们的小女孩到底要去哪里?你为什么让他们把她带走呢?"

"我要去的地方你不能去,我要去一个真正的班级。"洁蒂反唇相讥地说,声音中带着些许骄傲,这倒是有些出乎我的意料。

"这怎么说呢？你要去哪里？你说这话是什么意思？"杰罗米说。

洁蒂这时已经到她的小储物柜去取她的东西了。

"你是什么意思，一个真正的班级？"他放声叫喊，紧跟在她的后面追过去，"我们不是真正的班级？这个班级是真正的班级。你真的要走吗？"

"是的。"洁蒂坚定地说。

他瞠目结舌地站在那里。

"我要去我的新家了，杰罗米。"说完她便走进衣帽间取她的东西。

洁蒂在里面待了好长一段时间，当她再度出现时，只见她抱着一大堆东西——外套、鞋子、铅笔盒、蜡笔、笔记本、手工作品。来到教室外的走廊上，她抬起头看着我，那双湛蓝的眼珠有如翡翠般明亮。

"再见了，甜心，"我不舍地说，"我相信我们会再见面的。"

"拿去，这是送给你的。"她低头看着怀中那堆东西，我顺着她的目光看了过去，发现她的手指上夹着一张纸，我伸手取下那张纸。

"她真的要走吗？"站在门口的杰罗米问迪萝丝，"你真的要带她到别的地方去？"

"我不在乎。"洁蒂说，然后轻轻靠近蒂伯金先生身边，三个人转身朝远处慢慢走去。

杰罗米和我站在走廊上看着他们三人离开，对于洁蒂的突然离开他显然无法适应。"嘿，女士！"就在他们三个人走到楼梯尽头时，杰罗米终于忍不住大哭起来，"嘿，女士，停下来！我有话要跟你说。"

迪萝丝停下脚步回头看着他。杰罗米说道："你有没有注意到，女士？你有没有看到我们的小女孩已经可以站直了？"

教室中一片沉默，录音带早就播完了，没有人走动也没有人说话，大家彼此面面相觑。事情发生得实在太突然了，我们都不知道该做什么样的反应。

鲁宾开始缓缓地哼起《平安夜》，杰罗米和菲利浦则起身走到窗边，我也跟着他们两人来到窗边。

"我要她回头看看我们，"杰罗米低声喃喃地许着愿，吐出来的气让玻璃变成了一片朦胧。

在我们的脚下，迪萝丝牵着洁蒂和琥珀，三个人的身影出现在学校大门口，一步步朝着迪萝丝的车走去。

"我要她回头看看我们。"杰罗米轻轻地说道，"难道她打算永远都不回头吗？快呀，女孩，跟我们挥挥手吧。"

就在她们走到尽头时，洁蒂停下脚步。她依旧拉着迪萝丝的手，缓缓回头看着教室的窗户。

"嘿！她看见我们了！洁蒂！洁蒂！再见！再见，洁蒂！"杰罗米对着窗户大叫着，他和菲利浦都猛力地挥着手。这时，我看到洁蒂的嘴角荡起一抹淡淡的微笑，接着她也对我们挥了挥手。

独自走回教室，感觉到手中还握着洁蒂给我的那张纸。我轻轻打开看，发现上面只有两个字——谢谢。

结　语

劫后新生

> 真相也许并非如洁蒂所说的那样离奇恐怖。重要的是，历经磨难，她开始了新的人生。

洁蒂离开了我的班级之后，这件事好几个月仍余波未平。警方对这起案子非常重视，对于洁蒂指控的内容他们也都一一查证，同时也对埃科德的花园彻底挖掘了一番，希望能找到泰希的遗骸。

这段时间，我们还是不停地讨论一直困扰我的问题：洁蒂告诉我的那些事情真的是她的亲身经历吗？或者这些事情都是洁蒂这个有精神困扰的孩子编造出来的？

从很多方面来看，我可以确信洁蒂讲的那些故事并非事实。首先，洁蒂的档案显示，一直以来洁蒂就是个行为怪异的孩子，有相当严重的心理问题。再者，从她说的那些故事中，我们很清楚地知道她是一个有极度恐惧心理、爱幻想的孩子。她害怕被昆虫监视，害怕蜘蛛，害怕看到血或是血滴到身体上的情景，这些都可以称之为心理怪异现象，而根据我以往对这方面案例的接触和研究，我知道这些现象没有什么事实依据可言。同样地，像琥珀肚子上的那个符号以及珍妮的被杀，都有可能是洁蒂做的。如果说那些事情真的都是她做的，那就表示她真的患有非常严重的精神困扰疾病，这样说来，所谓的虐待等等的事情也有可能并非事实。

不过，换个角度来看，她受虐待的事情也未尝不可能。根据本案收集到的证据，专家们的结论是洁蒂有可能受到某种严重的虐待，尤其是性虐待。她的拒语症有可能归因于一种恐惧，害怕她一旦开口说话，就会把受虐的实情暴露出来。而她的驼背则是一种隐藏的象征，想要把知道的一切都藏在心中不让它跑出来。若我们从这个角度来思考，就不难理解泰希其实并不是一个真实的小女孩，而是洁蒂的分身，又或许这是一种多重人格失调的动因，也或许是她置身事外再回来观察自己的一种方法。从洁蒂需要不停地去保护和照顾泰希的角度来看，我们也就不难理解每次她提到与泰希交谈的情节，总让人觉得泰希是个真实可触的人。

同样地，《达拉斯》节目中的那些角色也代表某种意义。如果说虐待事件的始作俑者是洁蒂的父亲，想必洁蒂可能无法承受那样的痛苦，而如果连她的母亲也参与，或她的母亲知道这件事但袖手旁观，那么洁蒂就有可能觉得她需要编造出一个恶魔，这个恶魔便是艾里小姐的化身，如此，她就可以将她深爱的父母亲置于这件事情之外。当她将这一切事情都推给诸如电视上的一些角色这样的陌生人后，她就会觉得自己的父母亲安全可靠，是最最亲爱的父母亲。

　　经过好长一段时间的调查后，一些比较重要的问题都得到了答案，但是一些比较"小"的问题却依旧令我不解。例如，为什么洁蒂会这么害怕照相呢？她又是从哪里得知有关录像机方面的知识呢（在那个时代，录像机并不普遍）？为什么她会提到艾里小姐和其他的人"画上鬼脸又穿上鬼衣"呢？还有洁蒂的那个用圆圈围起来的X符号又代表什么？我向以前诊所的同事请教，得到的解释是那个圆圈代表阴道，而X则表示"我这个地方被侵犯"。然而让我不懂的是，洁蒂为什么又把那个符号刻在琥珀的肚子上？还有，她又为什么对我以前教过拒语症孩子的事那么感兴趣？为什么她的问题老是围绕着那些拒语症小朋友跟我说了些什么？是否我相信他们说的话，以及我是否帮助了他们？更有甚者，洁蒂的故事似乎又牵涉到许多与魔教有关的仪式。总之，在洁蒂的这个案例上，警方得到了许多他们想要的答案，但我却找不到我要的答案。

　　警方对待此事非常地郑重其事，他们还大张旗鼓地挖掘泰希的尸体，而且还把范围扩大到贝京市的林木区，不过到最后什么也没有挖到。此外，他们还试着要建立泰希的可能身份，不过对比过整个地区的失踪儿童记录后，找不到符合泰希特征的女孩。随着调查工作的进行，他们的调查网也越扩越大，甚至延伸到市区中心。不过，寻遍了全美国，还是找不到这个叫作泰希的女孩。

这个案件的调查时间长达 6 个月。在这 6 个月期间，社工人员定期送洁蒂和她的妹妹们去看心理医生和精神科医生，而我也定期去探视洁蒂。

案子发展到最后的结果是，洁蒂的父亲埃科德被捕，并且以猥亵邻家 8 岁小女孩而被定罪，目前他正身陷牢狱。至于洁蒂、琥珀和翡翠则住到永久的寄养家庭中。

洁蒂已经快满 20 岁了，和现在这个寄养家庭也相处了 6 年有余，她甚至已经把那里当成真正的家。洁蒂决定不再跟她的亲生父母联络，不过和两个妹妹的感情一直相当亲密。两个妹妹都有各自的寄养家庭，而且和洁蒂的家非常近。脱离了过去生活的阴影，洁蒂给人焕然一新的感觉。她的学业表现也十分优异，进入高中后一直保持在前十名，目前就读于西部一所著名大学，而且打算继续钻研文学。

看着现在这个自信又美丽的小女人，我真不敢相信她就是那个曾经驼着背且沉默不语的洁蒂。每当轻风拂过她的长发，我彷佛又看到当年那个洁蒂。不过，那个她毕竟已经不存在了，现在的洁蒂正忙着开创她自己的美好人生。

桃莉老师疗愈成长之旅·系列
（精选十本精彩呈现）

桃莉·海顿——美国教育界盛誉为"爱的奇迹天使"

她凭借爱、好奇和永不放弃，以心的能量打开封闭受伤的童心

每段改变和成长源自真实案例

30多种文字，1200万册风行全球，撼动世界亿万父母老师的心灵！

妙妈悦读会　木朵爸爸　儿童技能教养法中国推广第一人李红燕
父亲参与促进中心总干事温志刚　知心妈妈彭霞　**联合推荐**

荣获台湾"好书大家读奖"和中小学生推荐读物　美国图书协会强力推荐

《围墙上的薇纳斯》

一本让你眼角有泪嘴角上扬的书，消除亲子压力，舒缓家庭情绪。

桃莉老师的新班开课了，一个个在传统班级不能适应的孩子来到这里……

孩子们形形色色的各类问题及老师间不同教育理念的冲撞，让桃莉老师焦头烂额。从一开始的互骂斗殴，到学会互相理解甚至保护同伴；从憎恶这个特殊班级，到哭着写下爱的留言"不想离开"。

《午后阳光里的孩子》

一个不会讲话的空洞男孩——布，
一个分不出O和L的活泼女孩——萝莉，
一个被逐出校园的暴力男孩——汤玛索，
一个怀孕的12岁乖巧少女——克劳蒂亚，
在午后的阳光里，
拖着疲惫的心灵陆续来到桃莉老师的教室……
一种无形的信任和暖流在不大的教室里荡漾开来……缓慢的蜕变，悄然的重生……

《重新来过》

利德布洛克，问题重重的她成了桃莉老师班上第7个"孩子"。不同的是，她是个33岁的漂亮妈妈。童年创伤、酗酒成性、自闭症孩子、婚姻破裂……她走投无路，游戏生活，甚至不惜扭曲自己。直到遇见桃莉老师，紧闭的心扉开始慢慢打开……

《玛拉的向日葵森林》

玛拉有着艰辛而不堪回首的往事，她是当年纳粹喜欢的雅利安人，在少女时期就开始遭受强暴和折磨，生下了第一个男孩克劳斯。而当克劳斯被纳粹夺走后，她就深陷失子之痛，直到四十年过去，竟然把一个叫托比的小男孩当成克劳斯，以至于最终走上不归路……

《她只是个孩子》

《总想逃跑的席拉》前传。

席拉，6岁。在她短短的岁月中，被遗弃、被鞭打、被忽略、被排斥、被推出车外、被叔叔性侵、被无数次抛弃至人们的生活之外……这个绑架并烧伤了3岁男孩的小女孩破坏力十足、难调难服，却具有极高的智商，堪称天才。只有桃莉老师，毫无批判地真心关爱她、理解她、陪伴她，并让这个头发乱糟糟、衣服臭气熏天的女孩如金子一般发出闪耀的光芒。

《总想逃跑的席拉》

6岁就成为绑架案主角的问题少女席拉走进了桃莉·海顿的特教班，她得到了家庭不可能给予她的温暖和关怀。但这一切在特教班课程结束时又回到原点。

七年后与席拉再次相遇，桃莉发现她的心结仍未解开，她一直无法走出被亲生母亲遗弃的阴影，甚至因为桃莉在课程结束时同样离自己而去而将她和遗弃自己的母亲混为一谈，长久地怨恨着她……

《微光中的孩子》

9岁的卡珊德拉有着神话般的名字和面孔,却满嘴谎话,酷爱暴力,挑衅老师,想要自杀……4岁的金发小男孩德雷克活泼迷人,却只跟她的妈妈说过话,此外再也无法发声……

微光中的孩子,心事诉给谁人听……

《猫头鹰男孩》

大卫偶然间捡到一颗猫头鹰的蛋,他和同班的天才女孩梅比一起孵育它。蛋壳破了,小猫头鹰探出头来,大卫第一次有了属于自己的东西!直到有一天,小猫头鹰生病了,最后死在大卫的家里……

因为它的存在,大卫改变了,他终于知道生活里有的不只是痛苦,同时还会伴随着欣喜和希望……

《月球上有三棵树》

抱着猫玩具的自闭症男孩康纳,
与他富有天才想象力的母亲萝拉。
两条线索交叉铺叙,游离于真实与虚幻之间。
是天生自闭?还是精神创伤?
惊人的秘密一点一点浮出水面……

《沉默的洁蒂》

8岁的女孩洁蒂不说话、不哭、不笑,驼着背缓缓走路,行为怪异,并且深信自己是一个鬼魂。只有在面对桃莉时,她直立起来,对桃莉慢慢敞开心扉,讲出恐怖而毛骨悚然的故事。她对奇怪符号的专注和扭曲的性行为似乎指向了一个连桃莉也不愿意承认的推断。她是否遭遇宗教仪式性侵害?还是骇人听闻的性虐待?又或者她有严重的精神错乱问题?桃莉竭尽全力想要解开这个谜团去拯救洁蒂……